胸キュンスカッと

ノベライズ
～今この瞬間、君が好き～

痛快TVスカッとジャパン・原作
百瀬しのぶ・著
たら実・絵

集英社みらい文庫

もくじ＆《アンド》あらすじ

1 嫌《きら》いだったアイツ――5

高校《こうこう》二年生《ねんせい》になった高岡瞳《たかおかひとみ》は、クラス替《が》え早々《そうそう》、何《なに》かとちょっかいをだしてくるお調子者《ちょうしもの》の鈴木源《すずきげん》のことが嫌《きら》いだった。けれど、隣《となり》の席《せき》になったことをきっかけに、少《すこ》しずつ仲《なか》よくなっていき……!?

2 初恋《はつこい》の相手《あいて》はアイドル――39

恋《こい》よりも食《く》い気《け》のお気楽女子高生《きらくじょしこうせい》・田中《たなか》まどか。ある日《ひ》、学園《がくえん》のアイドル『T3《ティースリー》』の神崎先輩《かんざきせんぱい》になぜか気《き》に入《い》られちゃって!? 突然《とつぜん》わたされた、神崎先輩《かんざきせんぱい》のアドレス入《い》りのメモをまどかは――!!

3 ボールも気持《きも》ちもキャッチして…――77

ずっとソフトボール一筋《ひとすじ》の未知《みち》は、同《おな》じクラスで仲《なか》のいい野球部《やきゅうぶ》の智己《ともき》を、気《き》がつけばいつも目《め》で追《お》っていた。部活動《ぶかつどう》の練習《れんしゅう》で毎日《まいにち》泥《どろ》だらけの未知《みち》は、恋《こい》に素直《すなお》になれなくて……。

4 恋《こい》のトリック・オア・トリート——111

麗子《れいこ》は、小《ちい》さい頃《ころ》からシンデレラに憧《あこが》れを抱《いだ》いていた。高校《こうこう》で開催《かいさい》される恒例《こうれい》のハロウィンパーティで、憧《あこが》れのシンデレラのコスプレをしてみたいと思《おも》うけど、自分《じぶん》のキャラじゃないと諦《あきら》めていて……。

5 私《わたし》が恋《こい》した小説家《しょうせつか》——149

文芸部《ぶんげいぶ》に所属《しょぞく》し、本《ほん》が大好《だいす》きな地味《じみ》女子高生《じょしこうせい》・長門由佳《ながとゆか》は、放課後《ほうかご》通《かよ》っていた近所《きんじょ》の図書館《としょかん》で赤嶺一《あかみねはじめ》と出会《であ》う。その後《あと》も何度《なんど》か会《あ》って話《はな》すうちに、由佳《ゆか》は一《はじめ》に惹《ひ》かれていったけれど!?

初《はじ》めはなんとも思《おも》ってなかった。
いつもふざけあっている、ただの友《とも》だちだった。
だけど……。

授業中《じゅぎょうちゅう》、意外《いがい》なくらい真剣《しんけん》に授業《じゅぎょう》を聞《き》いていたり。
私《わたし》を笑《わら》わせるために全力《ぜんりょく》で冗談《じょうだん》を言《い》ってみたり。
かと思《おも》えば、部活《ぶかつ》で泥《どろ》まみれになって、一生懸命《いっしょうけんめい》、練習《れんしゅう》していたり。

気《き》がつくと、そんなアイツの一《ひと》つ一《ひと》つに、胸《むね》がドキドキしてた。
このドキドキが伝《つた》わってしまったら、友《とも》だちじゃいられなくなっちゃうかな。
そう思《おも》って、自分《じぶん》の気持《きも》ちに気《き》がつかないふりしてた。

でもね、私《わたし》……。
気《き》づいたときから今《いま》この瞬間《しゅんかん》も、
アイツのことが、好《す》き――。

1

嫌《きら》いだったアイツ

春《はる》のやわらかい風《かぜ》に、桜《さくら》の花《はな》びらがちらちらと舞《ま》っている。

昇降口《しょうこうぐち》の前《まえ》では、みんながクラス替《が》えの貼《は》り紙《がみ》を見《み》あげていた。

「私《わたし》、A組《エーぐみ》だー」

「えー、私《わたし》、F組《エフぐみ》だよ。遠《とお》いねー」

「おまえと俺《おれ》、また同《おな》じクラスじゃん！」

「マジかよ！」

名簿《めいぼ》を見《み》ながら、みんなは一喜一憂《いっきいちゆう》していた。


「ええと、私《わたし》は……」

背伸《せの》びして、高岡瞳《たかおかひとみ》の名前《なまえ》を探《さが》す。

「あった、二年C組《ねんシーぐみ》だ」

新《あたら》しいクラスを確認《かくにん》して、私《わたし》は一人《ひとり》、教室《きょうしつ》に向《む》かった。

一学期《がっき》のはじまりの日《ひ》。まず、出席簿順《しゅっせきぼじゅん》に座席《ざせき》に着《つ》いた。

私《わたし》の席《せき》は、窓側《まどがわ》から二列目《れつめ》の前《まえ》から二番目《ばんめ》。

窓《まど》の外《そと》を見《み》ると、水色《みずいろ》の空《そら》とピンク色《いろ》の桜《さくら》のコントラストがとってもきれい。

気分《きぶん》よく景色《けしき》を見《み》ていると、

「高岡《たかおか》さん、だよね」

前《まえ》の席《せき》の女子《じょし》が振《ふ》りかえった。

ショートカットが似合《にあ》う、たしかバスケ部《ぶ》の子《こ》だ。

「席《せき》が前後《ぜんご》になったご縁《えん》で、よろしくね」

「こちらこそ。えっと、瀬戸《せと》さんだよね」

「みんな、なっちゃんって呼《よ》んでるから、そう呼《よ》んで」

「あ、じゃあ、私《わたし》も、瞳《ひとみ》でいいよ」

わあ、さっそく新《あたら》しい友《とも》だちができそう。

私《わたし》は人見知《ひとみし》りで、自分《じぶん》からはあんまり話《はな》しかけられない。だから、なっちゃんみたいにどんどん話《はな》しかけてくれるとうれしい。

私《わたし》は昔《むかし》からわりと一人行動派《ひとりこうどうは》で、基本的《きほんてき》に女子《じょし》グループでつるむのはそんなに得意《とくい》じゃない。

だからといって、孤立《こりつ》しているわけでもない。

一年生《ねんせい》のときも、仲《なか》のいい子《こ》は何人《なんにん》かいた。でも類《るい》は友《とも》を呼《よ》ぶというのか、みんなマイペースな子《こ》で、ベタベタ仲《なか》よくする感《かん》じではなかった。

なっちゃんもサバサバしていて話《はな》しやすそう！

さっそく、気《き》の合《あ》いそうな子《こ》と出会《であ》えてよかったな。

「なんかさ、私《わたし》、デカいから、黒板見《こくばんみ》えにくくない？」

なっちゃんはさすがバスケ部《ぶ》だけあって、かなり背《せ》が高《たか》い。

「そんなことないよー」

「瞳《ひとみ》、ちっちゃいし」

「え？　これでも一応《いちおう》一五八センチはあるんだけどなあ」

「そーなんだ。もっとちっちゃく見《み》えたー」

私《わたし》がなっちゃんと笑《わら》っていると、突然《とつぜん》、誰《だれ》かが私《わたし》の机《つくえ》にぶつかってきて、ドン、と机《つくえ》の上《うえ》に手《て》をついた。

顔《かお》をあげると、鈴木源《すずきげん》だった。

鈴木《すずき》は、さっきから教室《きょうしつ》の後《うし》ろの方《ほう》でほかの男子《だんし》と何《なに》かを投《な》げあって遊《あそ》んでいた。

どうやら、その勢《いきお》いで飛《と》んできたみたい。

まったく小学生《しょうがくせい》じゃないんだから、やかましいっつーの。

私《わたし》は、びっくりしたのと、新《あたら》しい友《とも》だちとのせっかくの会話《かいわ》をジャマされたこともあって、ムカつく気持《きも》ちをあらわにして鈴木《すずき》を見《み》あげた。

「あっ、わりぃ、わりぃ」

そう言《い》われたけれど、私《わたし》はムッとしたままぷいっと顔《かお》をそむけた。

「ちょっと、怒《おこ》んなって〜」

鈴木《すずき》はおちゃらけながら、私《わたし》の机《つくえ》の上《うえ》に両手《りょうて》をついてきた。

うわ、こういうところがめっちゃウザい。やっぱりコイツ、苦手《にがて》だな。

私《わたし》は腕組《うでぐ》みをして、無言《むごん》でうつむいた。

最初《さいしょ》にこの二年C組《ねんシーぐみ》の教室《きょうしつ》に入《はい》ってきたときから、そう思《おも》ってた。

大《おお》きな声《こえ》でしゃべる、うるさいお調子者《ちょうしもの》。

ソフトモヒカン風《ふう》のヘアスタイルも、ちょっとチャラい。

はっきり言《い》って、私《わたし》の一番苦手《いちばんにがて》なタイプ。

早《はや》くなっちゃんと話《はな》したいから、さっさとあっちに行《い》ってくれないかなあ。

そんな私《わたし》の心《こころ》の内《うち》も知《し》らずに、

「初《はじ》めていっしょのクラスになったご縁《えん》で、許《ゆる》してちょ」

鈴木《すずき》はおどけた表情《ひょうじょう》をして、私《わたし》の顔《かお》をさらにのぞきこんできた。

「なあ、瞳《ひとみ》？」

「は？　なんで名前《なまえ》で呼《よ》ぶのよ？」

「だって言《い》ってたじゃん、下《した》の名前《なまえ》でいいよって」

「それはなっちゃんに言《い》ってたんでしょう？」

「俺《おれ》も呼《よ》んだっていいじゃん」

「意味《いみ》わかんない」

あまりにもうっとうしくて、プイと窓《まど》の方《ほう》を向《む》いた。

と、いきなりほっぺをむにっとされて、ひっぱられる。

いったい何《なに》ごと？

目《め》を見開《みひら》くと、鈴木《すずき》が私《わたし》のほっぺたをつまんだまま、笑《わら》っていた。

「ぷっ、なんて顔《かお》してんだよ」

「触《さわ》んないでよ！」

私《わたし》は思《おも》いっきりその手《て》をはらいのけた。

「……怒《おこ》られた！」

鈴木《すずき》はへらへらしながら、まだそこにいる。

いいかげんにしてくれないかなあ。

私《わたし》が無表情《むひょうじょう》でスルーしてると、さすがに鈴木《すずき》も空気《くうき》を読《よ》んだみたい。

「ねえ、怒《おこ》られちゃったよ」

おどけながら、さっき遊《あそ》んでた男子《だんし》たちの方《ほう》にもどっていった。

「まいったまいった」

まだはしゃいでいる鈴木《すずき》を無視《むし》して、あらためてなっちゃんの方《ほう》に向《む》きなおる。

でも、なっちゃんはもう前《まえ》を向《む》いて、ほかの子《こ》と話《はな》してた。

ああもう。せっかく楽《たの》しく話《はな》してたのに鈴木《すずき》のせい！

やっぱりアイツ、嫌《きら》い！

私《わたし》は心《こころ》の中《なか》でアッカンベーをした。


鈴木《すずき》はやっぱり、新《あたら》しいクラスで一番《いちばん》うるさくて目立《めだ》つヤツだった。

一学期《がっき》は席《せき》も離《はな》れていたし、それほど接《せっ》する機会《きかい》はなかったけど、たまにからんでくると、ホントにウザいから、私《わたし》はずーっと無視《むし》してた。

「出《で》た、瞳《ひとみ》の塩対応《しおたいおう》！」

私《わたし》が冷《つめ》たくあしらっても、鈴木《すずき》はへこたれずに笑《わら》ってる。

そこがさらにムカつくんだけど、なんとか一学期《がっき》は過《す》ぎていった。


そして……。

なんと、二学期《がっき》の席替《せきが》えで隣《となり》の席《せき》になってしまった！

せっかく窓側《まどがわ》の後《うし》ろから二番目《ばんめ》っていういい席《せき》なのに、鈴木《すずき》が隣《となり》だなんて台無《だいな》し。

隣《となり》が嫌《きら》いなアイツという最悪《さいあく》のコンディションで、新学期《しんがっき》は不安《ふあん》とともにはじまった。

ある日《ひ》の数学《すうがく》の授業中《じゅぎょうちゅう》、私《わたし》はあくびをかみころすのに苦労《くろう》していた。

この席《せき》、寝《ね》てても目立《めだ》たないかなあと思《おも》ってたら、けっこう先生《せんせい》とばっちり目《め》があっちゃって気《き》が抜《ぬ》けないんだけど……数学《すうがく》、苦手《にがて》なんだよなあ。

頬杖《ほおづえ》をつきながら何気《なにげ》なく横《よこ》を見《み》ると、鈴木《すずき》は真面目《まじめ》な顔《かお》で教科書《きょうかしょ》と黒板《こくばん》を交互《こうご》に見《み》ていた。

ノートも熱心《ねっしん》にとってるみたいだ。

ふうん、けっこう真面目《まじめ》なところあるじゃん。

「いいかー、みんな。この数式《すうしき》は大事《だいじ》だぞ！」

先生《せんせい》が言《い》う。

げ、ヤバい。

全然《ぜんぜん》聞《き》いてなかった！

黒板《こくばん》ぐらいはちゃんと写《うつ》しておかないと……。

焦《あせ》ってシャープペンを手《て》にとろうとして、消《け》しゴムを落《お》としてしまった。

消《け》しゴムは鈴木《すずき》の席《せき》の近《ちか》くに転《ころ》がっていく。

そっと手《て》をのばして拾《ひろ》おうとすると、鈴木《すずき》がさっと拾《ひろ》ってくれた。

めんどうくさいからみをされるかと思《おも》ったけれど、こっちも見《み》ずに、さっと返《かえ》してくれた。

へえ、授業中《じゅぎょうちゅう》は無駄《むだ》なおしゃべり、しないんだ。

ちょっと見《み》なおしたかも。

「ありがと」

小声《こごえ》でお礼《れい》を言《い》って、前《まえ》に向《む》きなおると……。

「授業中《じゅぎょうちゅう》だぞ。何《なに》ぼ――っとしてるんだよ。腹《はら》のちょーしでも悪《わる》いのか？」

鈴木《すずき》がニヤニヤしながら、こっちに身《み》を乗《の》りだしてきた。

やっぱりコイツ、超《ちょう》ウザい！

「うるさい！」

ムカついて、思《おも》わず声《こえ》をあげてしまった。

「どうした、高岡《たかおか》？」

先生《せんせい》が私《わたし》にたずねてきた。

教室中《きょうしつじゅう》の視線《しせん》も、私《わたし》に集《あつ》まっている。

まったく、鈴木《すずき》のせいで～～！

「……あ、すいません、なんでもないです」

笑《わら》ってごまかして授業《じゅぎょう》にもどろうとすると、

「じゃあ高岡《たかおか》、今《いま》の問題《もんだい》、答《こた》えはなんだ？」

先生《せんせい》が私《わたし》に問《と》いかけてくる。

「今《いま》の問題《もんだい》ですか。ええと……」

立《た》ちあがったものの、聞《き》いてなかったからなんにもわからない。

どうしよう……。

頭《あたま》の中《なか》は大《だい》パニック！

と、鈴木《すずき》がコンコン、と机《つくえ》を叩《たた》いた。

そっと鈴木《すずき》を見《み》ると、こっちにノートをスライドさせてくる。

鈴木《すずき》が叩《たた》いているところには大《おお》きく「14」と書《か》いてあって、そこにぐるぐると○がしてある。

それが答《こた》えってこと？　まさか、ふざけてないよね？

でも今《いま》はもう、答《こた》えるしかない。

「……14です」

おそるおそる、言《い》ってみる。

「正解《せいかい》。なんだ、ちゃんと聞《き》いてたんだな」

「……はい」

安堵《あんど》の息《いき》をつきながら着席《ちゃくせき》した私《わたし》を見《み》て、鈴木《すずき》が勝《か》ちほこった表情《ひょうじょう》を浮《う》かべている。

「……元《もと》はといえばアンタのせいだからね」

「許《ゆる》してちょ、ね？　ひ・と・み」

鈴木《すずき》がおどけた口調《くちょう》で言《い》う。

まあ、助《たす》けてもらったしね。

私《わたし》はくちびるをとがらせて、鈴木《すずき》を軽《かる》くにらむだけで、許《ゆる》してあげた。


その一件《いっけん》以来《いらい》、鈴木《すずき》とは、少《すこ》し仲《なか》よくなった。

相変《あいか》わらずマイペースで、女子《じょし》グループに所属《しょぞく》していない私《わたし》は、休《やす》み時間《じかん》はほとんど鈴木《すずき》としゃべって過《す》ごすようになった。

といっても、しゃべってるのはほとんどアイツ。

私《わたし》はといえば、

「あー、はいはい」

「うるさいよ」

なんて言《い》いながら笑《わら》ってる。

気《き》をつかわなくていいから、アイツと話《はな》すのは楽《らく》なんだよね。


ある日《ひ》の教室移動《きょうしついどう》のとき、私《わたし》が一人《ひとり》で歩《ある》いていると、鈴木《すずき》が追《お》いついてきた。

「ねえねえねえねえ！　新《あたら》しいギャグ、見《み》てよ」

「え〜〜」

顔《かお》をしかめながら、スピードを落《お》とさずに歩《ある》きつづける。

「いくよ、いくよ……ゲッツ！」

鈴木《すずき》がやってきたのは、ずいぶん前《まえ》にはやったお笑《わら》い芸人《げいにん》のギャグ。

「何《なに》それ、思《おも》いっきりパクリじゃん」

「いや、ずっと練習《れんしゅう》してたんだって。声《こえ》も言《い》い方《かた》も、すっげー似《に》てね？」

「そんなの誰《だれ》でもできるよ」

「んなことないって。じゃあやってみ」

「は？　なんで私《わたし》が？」

まったく、鈴木《すずき》ったら、いつもこんなアホなことばっかりやってる。

私《わたし》はあきれて、苦笑《にがわら》いを浮《う》かべた。

「こう見《み》えても俺《おれ》はさ、瞳《ひとみ》を笑《わら》わせようと思《おも》って毎日努力《まいにちどりょく》してるんだぜ」

「努力《どりょく》するならもっと別《べつ》のこと努力《どりょく》したら？　くだらないこと言《い》ってると、美術《びじゅつ》の授業遅《じゅぎょうおく》れるよ」

私《わたし》は歩《ある》くスピードをあげた。

「お、偶然《ぐうぜん》だな。俺《おれ》も次《つぎ》、美術《びじゅつ》なんだよ」

「同《おな》じクラスだからあたりまえだし」

私《わたし》たちは並《なら》んで階段《かいだん》をおりる。

「そうだ、美術《びじゅつ》の先生《せんせい》のモノマネもできるぜ」

「どうせ似《に》てないんでしょ」

「見《み》てから言《い》ってくれよ……ほら！」

鈴木《すずき》がやった美術《びじゅつ》の先生《せんせい》の顔《かお》マネに、私《わたし》はついついふきだしてしまった。

「やったー、ウケたぜ！」

単純《たんじゅん》な鈴木《すずき》はうれしそうにしている。

その顔《かお》を見《み》ていると、私《わたし》もつられて、笑顔《えがお》になる。

仲《なか》よくなってみると、鈴木《すずき》はおもしろくて、やさしくて、意外《いがい》と真面目《まじめ》で勉強《べんきょう》もできたりする。

私《わたし》は鈴木《すずき》のことが、気《き》になりはじめていた。


翌日《よくじつ》の朝《あさ》――。

「おはよー」

私《わたし》が入《はい》っていくと、教室内《きょうしつない》が一瞬《いっしゅん》、静《しず》まりかえった。

教室《きょうしつ》のあちこちで話《はな》していた女子《じょし》たちは、目《め》をそらしたり、指《ゆび》をさしてひそひそ話《ばなし》をしたりと、様子《ようす》がおかしい。

「……え」

どうしたんだろう。

とくにどこかのグループに入《はい》ったりはしていないけれど、いつもみんなあいさつは返《かえ》してくれたし、話《はな》しかけたりしてくれるのに。

私《わたし》は首《くび》をかしげながら自分《じぶん》の席《せき》に向《む》かった。

「超《ちょう》キモいんですけどー！」

と、いきなりどこからか声《こえ》が聞《き》こえてきた。

「え？」

振《ふ》りかえると、女子《じょし》たちがおたがいをつつきあったりして、クスクス笑《わら》っている。

なんだろう、この雰囲気《ふんいき》。

胸《むね》の中《なか》がざわざわするのを感《かん》じながら席《せき》に着《つ》こうとしたとき、

「マジ、ウザいよねー」

また、声《こえ》があがった。

いったい、どういうこと？

仲《なか》よしのなっちゃんはまだバスケ部《ぶ》の朝練《あされん》からもどってきていないみたいだし、不安《ふあん》はつのっていくばかりだ。

「おはよっ！」

と、そのとき、鈴木《すずき》が登校《とうこう》してきた。

「おはよー」

私《わたし》が入《はい》ってきたときとはちがって、女子《じょし》たちはみんな明《あか》るくあいさつを返《かえ》している。

「おう、瞳《ひとみ》。おまえ昨日《きのう》のあのお笑《わら》い番組《ばんぐみ》見《み》た？　俺《おれ》、アレずっと見《み》ちゃって、全然《ぜんぜん》寝《ね》てないんだよね」

鈴木《すずき》が私《わたし》に近《ちか》づいてくる。

私《わたし》が教室内《きょうしつない》を見《み》まわすと、女子《じょし》たちがこっちを見《み》ている。

私《わたし》は鈴木《すずき》には返事《へんじ》をせずに、黙《だま》って席《せき》に座《すわ》った。

「なんだよ、機嫌悪《きげんわる》いの？　あ、わかった。瞳《ひとみ》も寝不足《ねぶそく》なんだろ？」

「なんでもない」

私《わたし》は首《くび》をふった。

「ちょっとぉ、機嫌《きげん》なおしてよー」

鈴木《すずき》が私《わたし》の顔《かお》をのぞきこんでくる。

私《わたし》たちのやりとりに、教室中《きょうしつじゅう》の女子《じょし》が、聞《き》き耳《みみ》を立《た》てている。

「いいから、ほっといてよ！」

とにかくこの会話《かいわ》を終《お》わらせたくて、私《わたし》は声《こえ》をあげた。

「……ごめん」

鈴木《すずき》はそう言《い》って、自分《じぶん》のカバンを机《つくえ》の横《よこ》にかけた。

「ねえねえ、源《げん》くん！」

廊下側《ろうかがわ》の席《せき》に座《すわ》っている望月麻衣子《もちづきまいこ》が、鈴木《すずき》に声《こえ》をかけた。

麻衣子《まいこ》はスラリと背《せ》が高《たか》くて小顔《こがお》でかわいくて、学年《がくねん》でも目立《めだ》つ女子《じょし》だ。

うちのクラスでも、当然《とうぜん》、女子《じょし》たちのリーダーで、いつも仲間《なかま》たちと楽《たの》しそうにしている。

一人行動《ひとりこうどう》が好《す》きな、私《わたし》とは正反対《せいはんたい》のタイプ。

当然《とうぜん》、話《はな》したこともあまりなかった。

「ん？　何《なに》？」

鈴木《すずき》は麻衣子《まいこ》の方《ほう》に歩《ある》いていく。

「昨日《きのう》の深夜番組《しんやばんぐみ》、私《わたし》も見《み》たよ。芸人《げいにん》さんがたくさん出《で》ているお笑《わら》い番組《ばんぐみ》でしょ？」

「そうそう！　あのさ、あの新《あたら》しく出《で》てきた若手《わかて》コンビ、すっげーおもしろくなかった？」

「あー私《わたし》もそう思《おも》ったー」

「俺《おれ》、最後《さいご》まで見《み》ちゃったから、マジで眠《ねむ》いわ」

鈴木《すずき》は、麻衣子《まいこ》のグループの女子《じょし》たちに囲《かこ》まれて、楽《たの》しそうにしゃべっている。

ときどき、麻衣子《まいこ》がゆるふわのロングヘアをかきあげると、鈴木《すずき》がその仕草《しぐさ》をまねしている。

「やだぁ、私《わたし》、そんなじゃないってばぁ」

麻衣子《まいこ》はうれしそうに声《こえ》をあげた。


それから、うわばきを隠《かく》されたり、教科書《きょうかしょ》を隠《かく》されたり、いやがらせは何日《なんにち》もつづいた。

クラスの女子《じょし》のほとんどが、私《わたし》と口《くち》をきいてくれない中《なか》、どうやら、麻衣子《まいこ》がみんなを仕切《しき》っていることがわかった。

なっちゃんが私《わたし》に話《はな》しかけようとすると、麻衣子《まいこ》が大声《おおごえ》でなっちゃんを自分《じぶん》の方《ほう》に呼《よ》んだりする。

体育《たいいく》の時間《じかん》、私《わたし》が走《はし》る順番《じゅんばん》になると、麻衣子《まいこ》のグループの子《こ》たちが私《わたし》を指《ゆび》さしてゲラゲラ笑《わら》い声《ごえ》をあげたりする。

廊下《ろうか》で私《わたし》とすれちがうときには「今日《きょう》もキモいんですけどー」「学校《がっこう》来《こ》ないでほしいんですけどー」って、大声《おおごえ》をあげる。

でも、いったいどうしてこんな目《め》にあうんだろう。

理由《りゆう》を考《かんが》えてみたけれど、どうしても思《おも》いあたらない。

私《わたし》は勇気《ゆうき》をふりしぼって、ある日《ひ》の放課後《ほうかご》、麻衣子《まいこ》を呼《よ》びだした。

中庭《なかにわ》の自動販売機《じどうはんばいき》の前《まえ》で待《ま》っていると、麻衣子《まいこ》があらわれた。

「何《なに》、話《はなし》って？」

麻衣子《まいこ》は両手《りょうて》をブレザーのポケットにつっこんで、いかにもめんどうくさそうな態度《たいど》で私《わたし》の前《まえ》に立《た》つ。

「いや、あの……」

「話《はなし》がないんだったらさ」

麻衣子《まいこ》は、話《はな》しだそうとした私《わたし》を即座《そくざ》にさえぎった。

そして私《わたし》をにらみつけるようにしながら、ゆっくりと歩《ある》いていく。

「おもしろい遊《あそ》び、つきあってよ」

麻衣子《まいこ》は少《すこ》し離《はな》れたところで立《た》ち止《ど》まって、満面《まんめん》に笑《え》みを浮《う》かべながら私《わたし》を見《み》た。

「おもしろい遊《あそ》び？」

「これよ」

麻衣子《まいこ》は頭上《ずじょう》を指《ゆび》さした。

「え？」

つられて上《うえ》を見《み》ると、窓《まど》からバケツを持《も》った手《て》があらわれて……。

バシャーン！

私《わたし》は頭《あたま》から大量《たいりょう》の水《みず》をかけられた。

「あははは！」

水《みず》びたしの私《わたし》を見《み》て、麻衣子《まいこ》が声《こえ》をあげて笑《わら》いだした。

「マジ、ウケるー！」

「見事《みごと》に命中《めいちゅう》したねー！」

窓《まど》からは、麻衣子《まいこ》のグループの女子《じょし》が二人《ふたり》、やっぱり楽《たの》しそうに笑《わら》っている。

「……なんで？」

私《わたし》はうつむいて、こぶしをぎゅっと握《にぎ》りながら、言《い》った。

「は？」

麻衣子《まいこ》が近《ちか》づいてきた。

その顔《かお》は、真顔《まがお》だ。もう、まったく笑《わら》っていない。

「……なんで？　なんで私《わたし》にいやがらせするの？」

どうしてこんなことをされなくちゃいけないのかわからない。

私《わたし》は耐《た》えられなくなって、声《こえ》をあげた。

「わかんないの？　自分《じぶん》のしてること。生意気《なまいき》なのよ。アンタみたいな女《おんな》が源《げん》くんと仲《なか》よくするなんて」

麻衣子《まいこ》もきつい口調《くちょう》で言《い》いかえしてくる。

「え？」

「私《わたし》は中学《ちゅうがく》のときから源《げん》くんといっしょなの！　なのになんで同《おな》じクラスになったばっかのアンタが私《わたし》より仲《なか》よくするのよっ！　ありえないんだけど！」

そして私《わたし》の髪《かみ》をつかみ、頭《あたま》をゆすった。

髪《かみ》の毛《け》からしたたりおちてくる水《みず》が、あちこちにはねる。

後頭部《こうとうぶ》が背後《はいご》の自動販売機《じどうはんばいき》に打《う》ちつけられる。

「わかったらこれから源《げん》くんと仲《なか》よくするのやめてよね」

麻衣子《まいこ》は手《て》をはなし、私《わたし》から遠《とお》ざかっていく。

そして数歩《すうほ》行《い》ったところで立《た》ちどまって、振《ふ》りかえった。

「それとも、もっとおもしろい遊《あそ》び、する？」

麻衣子《まいこ》はニヤリと笑《わら》い、去《さ》っていった。

鳥肌《とりはだ》が立《た》つような感覚《かんかく》がして……私《わたし》はその場《ば》に膝《ひざ》から崩《くず》れおちた。


どれぐらい、そのままでいたんだろう。

あたりが暗《くら》くなってから、私《わたし》はのろのろと立《た》ちあがった。

夕方《ゆうがた》になって気温《きおん》がさがり、全身《ぜんしん》に寒気《さむけ》がおそってきた。

みじめな思《おも》いで足《あし》を引《ひ》きずるようにして教室《きょうしつ》にもどり、ジャージに着《き》がえた。

体操着《たいそうぎ》を隠《かく》されていなかったのが、救《すく》いだった。

とぼとぼと階段《かいだん》をおりてきたところで、誰《だれ》かが前《まえ》から歩《ある》いてくる足音《あしおと》が聞《き》こえた。

「おう」

顔《かお》をあげなくても鈴木《すずき》だと、声《こえ》でわかった。

どうやら、サッカー部《ぶ》の練習《れんしゅう》が終《お》わったみたいだ。

今一番《いまいちばん》、会《あ》いたくなかった。こんな姿《すがた》を見《み》られたくなかった。

「なんでそんなカッコしてんの？　あ、もしかしてこれから体育《たいいく》？」

鈴木《すずき》は冗談《じょうだん》を言《い》いながら、うつむいている私《わたし》の顔《かお》をのぞきこんでくる。

私《わたし》は何《なに》も言《い》わず、鈴木《すずき》の横《よこ》を素通《すどお》りした。

「……なんか言《い》えよ」

鈴木《すずき》が声《こえ》をかけてくるけれど、答《こた》えずに歩《ある》きつづけた。

「おい、瞳《ひとみ》！」

鈴木《すずき》が、私《わたし》の腕《うで》をつかむ。

「……いいからほっといてよ」

泣《な》きたいのをこらえて、声《こえ》をしぼりだした。

鈴木《すずき》がおどろいて、手《て》の力《ちから》をゆるめる。

私《わたし》はその隙《すき》に、走《はし》りさった。

翌日《よくじつ》、誰《だれ》とも話《はな》さないまま、学校《がっこう》での一日《いちにち》が終《お》わった。

私《わたし》は、麻衣子《まいこ》たちに会《あ》わないよう、のろのろと帰《かえ》りのしたくをした。

そして誰《だれ》もいなくなってから、教室《きょうしつ》を出《で》ようと立《た》ちあがった。

鈴木《すずき》は今日《きょう》もサッカー部《ぶ》の練習《れんしゅう》があるみたいで、机《つくえ》の横《よこ》にはカバンがかかっている。

今日《きょう》、鈴木《すずき》は何度《なんど》も話《はな》しかけてくれた。

でも私《わたし》は何《なに》も答《こた》えなかった。

昨日《きのう》も今日《きょう》もひどい態度《たいど》をとったから、鈴木《すずき》にはイヤなヤツだと思《おも》われただろうな。

きっと嫌《きら》われた。

悲《かな》しいけれど、それでいいのかもしれない……。

鈴木《すずき》の机《つくえ》を見《み》て一《ひと》つため息《いき》をつき、私《わたし》は教室《きょうしつ》を出《で》た。


昇降口《しょうこうぐち》に向《む》かうために、パソコン室《しつ》の前《まえ》を通《とお》りかかった、そのとき――。

「いったい何《なに》があったんだよ？」

中《なか》から鈴木《すずき》の声《こえ》が聞《き》こえてきて、私《わたし》は足《あし》を止《と》めた。

パソコン室《しつ》のドアは、開《あ》けっぱなしになっている。

気《き》になる気《き》持《も》ちをおさえきれず、ドアに近《ちか》づいてそっと中《なか》を見《み》ると、鈴《すず》木《き》と麻《ま》衣《い》子《こ》が向《む》かいあっていた。

「……どうしたの、源《げん》くん」

麻《ま》衣《い》子《こ》はかわいらしい仕《し》草《ぐさ》で、首《くび》をかしげている。

「最近《さいきん》、瞳《ひとみ》にいやがらせしてるのおまえだろ？」

鈴《すず》木《き》は、今《いま》まで見《み》たことのないような表情《ひょうじょう》で、麻《ま》衣《い》子《こ》の前《まえ》に立《た》ちはだかっていた。

「え？　何《なに》それ……」

麻《ま》衣《い》子《こ》はおびえたように、首《くび》をふった。

「私《わたし》、そんなことしないよぅ……」

昨日《きのう》、私《わたし》に見《み》せた態度《たいど》とはまったくちがう。

それにしても、鈴《すず》木《き》って……。

いつもふざけているようでいて、最近《さいきん》の教室内《きょうしつない》での様子《ようす》を、ちゃんと見《み》てくれていたんだ……。

私《わたし》は二人《ふたり》に見《み》つからないように、ドアの陰《かげ》にさっと隠《かく》れた。

「わかってんだよ。瞳《ひとみ》、ここんとこずっとおかしいいし、おまえがほかの女子《じょし》たちを仕《し》切《き》ってあれこれやってることも、俺《おれ》は気《き》づいてる」

「だってあの子《こ》、源《げん》くんになれなれしいから……！」

麻衣子《まいこ》は訴《うった》えるような口調《くちょう》で言《い》った。

「なれなれしい？　アイツになれなれしくしてるのは俺《おれ》だけど？　悪《わる》いのは俺《おれ》じゃん」

「源《げん》くんは別《べつ》に何《なに》も悪《わる》くないよ」

「俺《おれ》が勝手《かって》にアイツのこと好《す》きになっただけなんだよ！」

鈴木《すずき》がはりあげた声《こえ》が、廊下《ろうか》までひびいてきた。

鈴木《すずき》が、私《わたし》のことを……好《す》き？

私《わたし》はリュックの肩《かた》ひもを、両手《りょうて》でぎゅっと握《にぎ》った。

「だからこれ以上《いじょう》、瞳《ひとみ》にいやがらせするのはやめてくれ。気《き》にいらないんだったら、俺《おれ》にしろよ」

鈴木《すずき》が、麻衣子《まいこ》の目《め》をじっと見《み》ながら真剣《しんけん》な口調《くちょう》で言《い》った。いつものキャラと全然《ぜんぜん》ちがうせいか、よけいに迫力《はくりょく》がある。

「私《わたし》だってずっと源《げん》くんが……！」

麻衣子《まいこ》がパソコン室《しつ》から飛《と》びだしてきた。

ドアの陰《かげ》にいた私《わたし》に気《き》づいて、一瞬《いっしゅん》にらみつけていったけれど、すぐに走《はし》りさった。

麻衣子《まいこ》は目《め》をまっ赤《か》にして、泣《な》いていた。

あんなにひどいいやがらせをされたけど……この子《こ》はずっと、鈴木《すずき》のことを好《す》きだったんだな。

そう思《おも》うと、胸《むね》がチクリと痛《いた》んだ。


私《わたし》はどうしたらいいんだろう……。

とまどいながらもパソコン室《しつ》に入《はい》っていった。

鈴木《すずき》は力《ちから》がぬけたように、足《あし》を投《な》げだしてイスに座《すわ》っていた。

頭《あたま》をかき、天井《てんじょう》をあおぐようにしている。

私《わたし》が近《ちか》づいていくと、鈴木《すずき》はびっくりして立《た》ちあがった。

「……オッス」

そして、ぎこちなく笑《わら》いながら、片手《かたて》をあげる。

「……オッス」

私《わたし》も同《おな》じように、片手《かたて》をあげた。

「まだ帰《かえ》ってなかったんだ……あ、補習《ほしゅう》で居《い》のこりとか？　ひょっとして数学《すうがく》、赤点《あかてん》だったとか？」

「……全然《ぜんぜん》おもしろくないんですけど」

「……悪《わる》かったな」

「源《げん》……くん」

私《わたし》は、麻衣子《まいこ》が呼《よ》んでいたように、鈴木《すずき》に呼《よ》びかけてみた。

「なんだよ、急《きゅう》に」

源《げん》くんは私《わたし》から目《め》をそらして、近《ちか》くの机《つくえ》に腰《こし》かける。

横《よこ》を向《む》いた源《げん》くんの耳《みみ》が赤《あか》い。

照《て》れてるのかな。

こんな源《げん》くん、初《はじ》めて見《み》た。

自分《じぶん》なんか、クラス替《が》え初日《しょにち》にいきなり私《わたし》のこと呼《よ》びすてにしてきたくせに。

「……ありがとね」

私《わたし》が声《こえ》をかけると、源《げん》くんがこっちを向《む》く。

「……なんのこと？　俺《おれ》、おまえに礼言《れいい》ってもらうようなことしてねーし」

「……ホントに、ありがとう」

ダメだ。

鼻《はな》の奥《おく》がツンとしてきた。

涙《なみだ》があふれそう。

私《わたし》は、うつむいて、ぎゅっとくちびるをかみしめた。

「もう、なんて顔《かお》してるんだよ」

源《げん》くんが近《ちか》づいてきて、私《わたし》のほっぺたをつかんでむにっと左右《さゆう》にひっぱる。

「……あれ、怒《おこ》んない？」

源《げん》くんは意外《いがい》そうな表情《ひょうじょう》を浮《う》かべて、私《わたし》の顔《かお》をのぞきこんだ。

「おい、ほら？　どうしたんだよ？」

そして私《わたし》のほっぺたをプルプル揺《ゆ》する。

「おほるわへ、ないひゃん」

怒《おこ》るわけないじゃん、って言《い》いたかったのに、うまく声《こえ》がでない。

私《わたし》は源《げん》くんの顔《かお》を、下《した》からにらみつけた。

「……なんだよ」

源《げん》くんがようやく、手《て》をはなす。

そして私《わたし》の横《よこ》を通《とお》り過《す》ぎて、背中《せなか》を向《む》けて立《た》つ。

「つまんねえなあ、怒《おこ》らない瞳《ひとみ》とか」

「は？」

「おまえ、すぐムキになるじゃん。その顔《かお》見《み》てるのがおもしろいんだよなー」

「は？」

ちょっと、何《なに》それ？

こっちは真剣《しんけん》にお礼《れい》言《い》ってるっていうのに。

だいたい、今日《きょう》までたいへんだったんだから！

まったくコイツったら全然《ぜんぜん》、デリカシーがない……！

「アンタなんか、大《だい》っ嫌《きら》い！」

私《わたし》は振《ふ》りむいて、源《げん》くんの背中《せなか》に向《む》かって叫《さけ》んだ。そして、さっさと歩《ある》きだす。

「いや、ごめんごめん、許《ゆる》してちょ！」

源《げん》くんが両手《りょうて》をあわせて謝《あやま》ってきた。

「ぜーーったいに、許《ゆる》さない！」

私《わたし》は無視《むし》して、そのままドアの方《ほう》に向《む》かう。

「帰《かえ》りにおごるからさあ」

「けっこうです」

「ジュース飲《の》みたくね？」

「のどかわいてない」

「あ、今日《きょう》、財布《さいふ》持《も》ってなかった」

「何《なに》それ？」

「じゃあ、今日《きょう》は瞳《ひとみ》のおごりで」

「は？　ふざけないでくれる？」

「お願《ねが》いしますよー」

「いやです」

「じゃあ、今度《こんど》の休《やす》みの日《ひ》、映画《えいが》おごるからさあ」

何《なに》よ、それ、デートの誘《さそ》いのつもり？　まったく、ムードがないんだから……。

私《わたし》たちは言《い》いあいをしながら、いっしょに帰《かえ》った。


最初《さいしょ》は大嫌《だいきら》いだったアイツ。

でも今《いま》は……。

自分《じぶん》でもびっくりするぐらい、大好《だいす》きなアイツになった。

2

初恋《はつこい》の相手《あいて》はアイドル

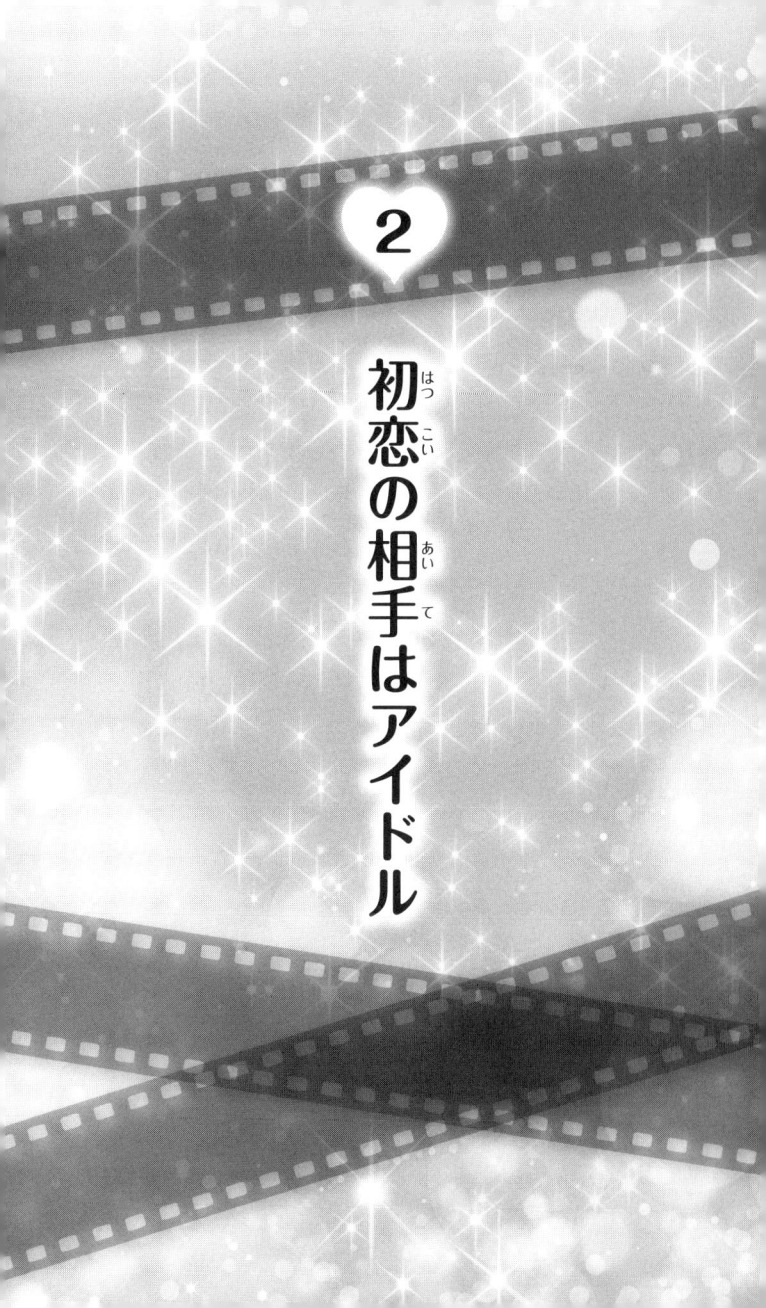

二学期《がっき》がはじまってしばらく経《た》ったある月曜日《げつようび》の朝《あさ》。

私《わたし》は、まだほんの少《すこ》し暑《あつ》さが残《のこ》る廊下《ろうか》を、教室《きょうしつ》に向《む》かって歩《ある》いていた。

ころもがえで、今週《こんしゅう》から夏服《なつふく》だった制服《せいふく》が冬服《ふゆふく》になった。

昨日《きのう》まで白《しろ》いシャツで歩《ある》いていたのに、今日《きょう》からはみんな紺《こん》のブレザー姿《すがた》。

そのせいなのか、校内《こうない》には、なんだか昨日《きのう》よりも落《お》ち着《つ》いた雰囲気《ふんいき》がただよっている。


私《わたし》は田中《たなか》まどか。

バレー部所属《ぶしょぞく》の、元気《げんき》がとりえの高校《こうこう》一年生《ねんせい》。

勉強《べんきょう》はあんまり得意《とくい》じゃないけれど、体育《たいいく》だけはまあまあ……かな？

放課後《ほうかご》は部活《ぶかつ》の練習《れんしゅう》か、仲《なか》よしの友《とも》だちと買《か》い物《もの》したりケーキを食《た》べにいったりする毎日《まいにち》。

高校生活《こうこうせいかつ》が楽《たの》しくてしかたがない私《わたし》の最近《さいきん》の悩《なや》みごとは、夏休《なつやす》みに美容院《びよういん》に行《い》くのをサボっていたせいで中途半端《ちゅうとはんぱ》に長《なが》くのびてしまった髪《かみ》をショートカットにするかどうか。

今《いま》はポニーテールにまとめているけれど、正直《しょうじき》めんどうくさい。

「まどか、おはよう！」

クラスメイトの白石由紀《しらいしゆき》が、後《うし》ろからポンと肩《かた》をたたいた。

「おはよー！　ねえねえ、由紀《ゆき》。放課後《ほうかご》スイーツバイキングのお店《みせ》行かない？　今週《こんしゅう》からさつまいものタルトとか栗《くり》のケーキとか、秋《あき》のメニューが増《ふ》えるって、部活《ぶかつ》の先輩《せんぱい》たちが話《はな》しててさあ」

「えー、行《い》きたいけど……私《わたし》、これからダイエットはじめるから、しばらく無理《むり》」

ごめんね、と、由紀《ゆき》は言《い》う。

「ダイエット？　そんなに細《ほそ》いんだから必要《ひつよう》ないじゃん！」

由紀《ゆき》は背《せ》が高《たか》くて細《ほそ》くて、スタイル抜群《ばつぐん》。

ダイエットするなんて意味《いみ》がわからない！

「そんなことないってー。ここのところ甘《あま》いものばっか食《た》べてたから、おなかのお肉《にく》つまめるんだよー」

「ウソだぁ！」

私《わたし》は由紀《ゆき》に思《おも》いっきり抱《だ》きついて、おなかをぷにっとさわってみる。

「わあ！　やめてよ～」

私《わたし》たちがいつものようにじゃれあっていると、背後《はいご》でキャーッと歓声《かんせい》があがった。

この声《こえ》は……。

振《ふ》りかえると、やっぱりそう！

廊下《ろうか》の向《む》こう側《がわ》から、テニスラケットを片手《かたて》に、男子生徒《だんしせいと》が三人《にん》、歩《ある》いてくる。

「ねえ、T3《ティースリー》よ！」

由紀《ゆき》が小《ちい》さくぴょんぴょんジャンプしながら、私《わたし》の腕《うで》をつかんではしゃいだ声《こえ》をあげる。

そして私《わたし》たちは、大名行列《だいみょうぎょうれつ》が通《とお》るときに庶民《しょみん》がさっと道《みち》を空《あ》けるように、廊下《ろうか》の隅《すみ》によけた。

私《わたし》の高校《こうこう》には、校内《こうない》でファンクラブもあるほど、女子《じょし》たちみーんながあこがれているアイドル的《てき》存在《そんざい》の先輩《せんぱい》たちがいた。

王子《おうじ》さま的《てき》存在《そんざい》の正統派《せいとうは》さわやかイケメン、神崎光《かんざきひかる》。

勉強《べんきょう》もめちゃくちゃできる知性派《ちせいは》クール系《けい》イケメン、五十嵐翼《いがらしつばさ》。

そして、いつもニコニコ、親《した》しみやすいお笑《わら》い系《けい》イケメン、藤原朗《ふじわらあきら》。

テニス部《ぶ》三人組《にんぐみ》で『T3《ティースリー》』って呼《よ》ばれてる。

三年生《ねんせい》のT3《ティースリー》は、夏前《なつまえ》に部活《ぶかつ》を引退《いんたい》したけれど、今《いま》もときどき、後輩《こうはい》たちに指導《しどう》するために朝練《あされん》に参加《さんか》してるらしくて、そこもまたカッコいいと言《い》われている。

神崎先輩《かんざきせんぱい》はサラサラの髪《かみ》をなびかせながら。

五十嵐先輩《いがらしせんぱい》はきりりと無表情《むひょうじょう》で。

藤原先輩《ふじわらせんぱい》はみんなにおはよう、と笑顔《えがお》で声《こえ》をかけながら、それぞれのキャラを全開《ぜんかい》にして、廊《ろう》下《か》の真《ま》ん中《なか》を優雅《ゆうが》に通《とお》っていく。

「うわあ、今日《きょう》もめっちゃイケメン！」

「藤原先輩《ふじわらせんぱい》、手《て》ふってくれたー♡」

「なんか通《とお》りすぎたときいい香《かお》りがしたねー」

まわりの女子《じょし》たちは、みんなうっとりした視線《しせん》で、三人《にん》を見送《みおく》っていた。

「ホントカッコいいねっ♡」

先輩《せんぱい》たちが目《め》の前《まえ》を通《とお》りすぎたとき、由紀《ゆき》が私《わたし》にぎゅっとしがみついてきた。

「う、うん……」

私《わたし》もとりあえず笑顔《えがお》を返《かえ》したけど、由紀《ゆき》ほどテンションはあがらない。

だって学年《がくねん》もちがうし、学校中《がっこうじゅう》のアイドルだし……実《じつ》はあんまり興味《きょうみ》ないいんだよねえ。

テレビに出《で》てくるアイドルのような、あまりにも遠《とお》い存在《そんざい》。

もちろんカッコいいとは思《おも》うけど、イマイチ現実感《げんじっかん》、ないんだよなあ。

それよりも、私《わたし》の中《なか》で一番《いちばん》気《き》になっているのは、一《いっ》か月後《げつご》に迫《せま》った体育祭《たいいくさい》。

リレーの選手《せんしゅ》に選《えら》ばれてるし、しかもアンカーをまかされているから絶対勝《ぜったいか》ちたい！

それに、今回《こんかい》は実行委員《じっこういいん》だし……。


二学期《がっき》がはじまってすぐに実行委員《じっこういいん》を選《えら》んだときは、みんなめんどうくさがって、誰《だれ》も立候補《りっこうほ》しなかった。

男子《だんし》はバスケ部《ぶ》の元気《げんき》な子《こ》が立候補《りっこうほ》してすんなり決《き》まったものの、女子《じょし》はやりたがらない。

「じゃあ、じゃんけんで決《き》めるか？」

先生《せんせい》が女子《じょし》たちの顔《かお》を見《み》まわした。

「「え――――っ」」

みんなからは超《ちょう》ブーイング。

「……だったら私《わたし》がやります」

さっさと部活《ぶかつ》に行《い》きたかったので、私《わたし》は仕方《しかた》なく手《て》をあげた。

「おお、田中《たなか》やってくれるか。じゃあよろしく頼《たの》むな」

「……はあ」

私《わたし》だってあんまりやりたくはないけど、しかたない。

ようやく長《なが》いホームルームが終《お》わって、部活《ぶかつ》に向《む》かおうとしていると……。

「まどか、体育祭《たいいくさい》の実行委員《じっこういいん》なんてよくやるよねー。えらいなー」

「体育祭自体《たいいくさいじたい》がめんどうなのにさあ」

「なんかごめんね、まどかに押《お》しつけちゃって」

クラスの女子《じょし》たちは口々《くちぐち》になぐさめてくれながらも、ホッとした表情《ひょうじょう》を浮《う》かべていた。


そして一週間前《いっしゅうかんまえ》の月曜日《げつようび》、第一回《だいいっかい》の実行委員会《じっこういいんかい》の日《ひ》――。

放課後《ほうかご》、会議《かいぎ》に使《つか》う三年生《ねんせい》の教室《きょうしつ》に入《はい》ろうとすると、こっちに歩《ある》いてきた男子《だんし》の先輩《せんぱい》とぶつかりそうになった。

「あ、ごめんなさい！」

おどろいた私《わたし》は、思《おも》わず足《あし》を止《と》めた。

「ああ、こっちこそごめん」

その人《ひと》はなんと、神崎先輩《かんざきせんぱい》。

「ちょっと小腹《こばら》がへって、急《いそ》いで購買《こうばい》に行《い》ってこようと思《おも》ってたから」

と、きらきら輝《かがや》くような顔《かお》で笑《わら》っている。

「……あ、はあ」

教室内《きょうしつない》を見《み》てみると、T3《ティースリー》が勢《せい》ぞろいしている！

ほかには誰《だれ》もいないし、教室《きょうしつ》まちがえちゃったかな、と思《おも》って出《で》ていこうとすると……。

「あれ、どうしたの？　キミ、体育祭《たいいくさい》の実行委員《じっこういいん》？」

五十嵐先輩《いがらしせんぱい》が冷静《れいせい》な口調《くちょう》で、たずねてきた。

「……はい。でも、えっと、あの……、教室《きょうしつ》、まちがえてますよね？」

「ん？　大丈夫《だいじょうぶ》だよ〜。一年生《ねんせい》でしょ。窓側《まどがわ》の席《せき》に座《すわ》って」

藤原先輩《ふじわらせんぱい》がにっこり笑《わら》いながら近《ちか》づいてきて、どうぞどうぞ、と、一年生《ねんせい》の席《せき》の方《ほう》を指《さ》す。

「あ……ありがとうございます。じゃあ、あの……失礼《しつれい》します」

私《わたし》は頭《あたま》をぺこりとさげた。

「あはは、ずいぶん丁寧《ていねい》だねー」

藤原先輩《ふじわらせんぱい》が楽《たの》しそうに笑《わら》ったとき、がやがやとほかの委員《いいん》たちがあらわれた。

緊張《きんちょう》がとけた私《わたし》は、ほっとしてイスに座《すわ》った。


その翌日《よくじつ》の朝《あさ》、由紀《ゆき》は昇降口《しょうこうぐち》で私《わたし》を見《み》つけると、ものすごい勢《いきお》いで近《ちか》づいてきた。

「ねえねえ、T3《ティースリー》たちがみんな実行委員《じっこういいん》ってホント？」

由紀《ゆき》は目《め》の色《いろ》を変《か》えて、質問《しつもん》してきた。

「ああ、うん。私《わたし》もびっくりした」

「えー、何《なに》それ、ずる～い」

「いや、ずるいって言《い》われても……」

「何言《なにい》ってんの！　学校中《がっこうじゅう》の女子《じょし》の話題《わだい》なんだから！」

由紀《ゆき》がムキになって言《い》う。

「ねえ、まどか、昨日《きのう》、T3《ティースリー》と直接話《ちょくせつはな》したりした？」

「あ……いや……」

ウソをついたわけじゃないけれど、由紀《ゆき》があまりに鬼気《きき》せまる表情《ひょうじょう》でぐいぐい近《ちか》づいてくるから、つい口《くち》ごもってしまった。

「もしかしてまどか、T3《ティースリー》が体育祭《たいいくさい》の実行委員《じっこういいん》やるって知《し》ってて立候補《りっこうほ》したの？」

由紀《ゆき》はうたがわし気《げ》にたずねてくる。

「え？　まさか、知《し》ってたわけないじゃん」

私《わたし》はぶんぶん首《くび》をふって、全力《ぜんりょく》で否定《ひてい》した。

T3《ティースリー》が、めんどうな体育祭《たいいくさい》の実行委員《じっこういいん》をやるなんて思《おも》ってなかったし。

そもそも、みんながやりたくなさそうだから引《ひ》きうけただけだし。

「あーあ、私《わたし》、実行委員《じっこういいん》やればよかったなあ」

由紀《ゆき》がつぶやいた。

「そんなにやりたいんだったら代《か》わってほしいよぉ」

私《わたし》が言《い》うと、

「え、ホント？　じゃあさ。職員室《しょくいんしつ》行って聞《き》いてみようよ！」

由紀《ゆき》は私《わたし》の腕《うで》をつかんで、ものすごい勢《いきお》いでそのまま職員室《しょくいんしつ》に向《む》かった。

でも結局《けっきょく》、担任《たんにん》の先生《せんせい》にダメだって言《い》われてしまって……。

それが、一週間前《いっしゅうかんまえ》のこと。

そして、第二回体育祭実行委員《だいにかいたいいくさいじっこういいん》の会議《かいぎ》の日《ひ》がやってきた。

「じゃあ今日《きょう》はここまで。次《つぎ》の会議《かいぎ》はまた来週《らいしゅう》の月曜日《げつようび》、同《おな》じ時間《じかん》ということでよろしくお願《ねが》いします」

委員長《いいんちょう》に就任《しゅうにん》した五十嵐先輩《いがらしせんぱい》が、みんなを見《み》まわした。

「お疲《つか》れさまでしたー」

委員《いいん》のみんなはカバンを手《て》に、ガタガタとイスから立《た》ちあがる。

「えっと、集合場所《しゅうごうばしょ》は本館校舎側《ほんかんこうしゃがわ》の門《もん》から入場《にゅうじょう》して……」

私《わたし》はまだ、ホワイトボードに書《か》かれた決定事項《けっていじこう》を、ノートに書《か》き写《うつ》しきれていなかった。

『座席《ざせき》について』『集合場所《しゅうごうばしょ》について』など、ホワイトボードに書《か》いてある文字《もじ》を急《いそ》いで写《うつ》す。

「消《け》してもいーい？」

藤原先輩《ふじわらせんぱい》が、ホワイトボードを消《け》そうと、みんなに声《こえ》をかけた。

「あ、ちょっと待《ま》ってくださ〜い！　ごめんなさい、急《いそ》ぎます〜！」

私《わたし》は大《おお》きな声《こえ》を出《だ》した。

「はいよ〜。じゃあこのままにしておくからゆっくり書《か》きな〜」

藤原先輩《ふじわらせんぱい》が笑《わら》ってくれた。

「ありがとうございます！」

私《わたし》は何《なに》をやるのもドンくさくて、イヤになっちゃう。

だいたいメモできたからいいか、と、急《いそ》いで席《せき》を立《た》とうとしたとき……。

「あっ」

配《くば》られたプリントをドサッと床《ゆか》に落《お》としてしまった。

あ〜あ、またやっちゃった……。

あわてて拾《ひろ》おうとすると、さっと前《まえ》から手《て》がのびてきた。

「はい」

プリントをさしだされて顔《かお》をあげると、神崎先輩《かんざきせんぱい》だった。

「あ、すみません。ありがとうございます」

両手《りょうて》で受《う》けとって、机《つくえ》の上《うえ》の片《かた》づけをはじめようとすると、

「……この前《まえ》ぶつかりそうになった子《こ》だよね。一年生《ねんせい》だっけ？」

神崎先輩《かんざきせんぱい》がまだそこにいて、声《こえ》をかけてきた。私《わたし》はおどろいて、もう一度《いちど》顔《かお》をあげた。

「あ、はい。あのときは大変失礼《たいへんしつれい》しました！」

「あはは。そんなにあやまるほどのことじゃないじゃん。あのときも思《おも》ったけど、キミってすごく礼儀正《れいぎただ》しいよね」

「いえ、そんな……」

とんでもない、と、私《わたし》は首《くび》をふった。

先輩《せんぱい》や年上《としうえ》の人《ひと》に対《たい》して礼儀正《れいぎただ》しく接《せっ》するのはあたりまえのことだし。

「名前《なまえ》は？」

「……田中《たなか》です」

三年生《ねんせい》の先輩《せんぱい》と話《はな》すなんて、緊張《きんちょう》してしまう。

いつもなら人《ひと》と話《はな》すときはその人《ひと》の顔《かお》を見《み》て話《はな》すんだけど……恥《は》ずかしくなって、うつむいてしまった。

「下《した》の名前《なまえ》は？」

神崎先輩《かんざきせんぱい》は、もう一度聞《いちどき》いてきた。

「あ……まどか、です」

先輩《せんぱい》に失礼《しつれい》のないよう、今度《こんど》こそちゃんと顔《かお》をあげて、がんばって笑顔《えがお》を作《つく》った。

神崎先輩《かんざきせんぱい》も、笑顔《えがお》で私《わたし》を見《み》ている。

切《き》れ長《なが》のきれいな瞳《ひとみ》……。

やっぱり学校《がっこう》のアイドル、しかも一番人気《ばんにんき》だけあって、本当《ほんとう》にカッコいいな。

思《おも》わずハッと、息《いき》をのんだ。一瞬《いっしゅん》、時《とき》が止《と》まったみたいだった。

「……まどか」

その、王子《おうじ》さまみたいな先輩《せんぱい》が私《わたし》の名前《なまえ》を繰《く》りかえす。

「……はい」

「そっか、俺《おれ》は神崎《かんざき》」

「知《し》って……ます」

私《わたし》は思《おも》いきり笑顔《えがお》でうなずいた。

「そっか。同《おな》じ実行委員同士《じっこういいんどうし》、よろしく」

神崎先輩《かんざきせんぱい》と話《はなし》ができて、一瞬《いっしゅん》、胸《むね》が高鳴《たかな》った。

だけど……ふと、まわりを見《み》まわすと、二年生《ねんせい》や三年生《ねんせい》の先輩《せんぱい》が、私《わたし》たちに注目《ちゅうもく》していた。

とくに、女子《じょし》の先輩《せんぱい》の視線《しせん》が……ものすごく突《つ》きささってくる。

「……すみませんっ。失礼《しつれい》します！」

私《わたし》は神崎先輩《かんざきせんぱい》に頭《あたま》をさげると、ノートや筆箱《ふでばこ》をかきあつめて、その場《ば》から逃《に》げるように立《た》ちさった。

それからしばらく経《た》った日《ひ》の休《やす》み時間《じかん》、私《わたし》は由紀《ゆき》と音楽室《おんがくしつ》から出《で》て廊下《ろうか》を歩《ある》いていた。

「次《つぎ》の授業《じゅぎょう》なんだっけ」

「生物《せいぶつ》」

「あ〜、やだなあ。生物苦手《せいぶつにがて》〜」

そんなことを言《い》いながら歩《ある》いていると、

「おう！」

と、声《こえ》をかけられた。

振《ふ》りかえると……神崎先輩《かんざきせんぱい》がこっちに歩《ある》いてくる。

「これ」

そして私《わたし》の前《まえ》で立《た》ちどまると、折《お》りたたんだノートの切《き》れ端《はし》をさしだしてきた。

「なんですか？」

受《う》けとりながら、反射的《はんしゃてき》にたずねた。

「俺《おれ》のアドレス」

神崎先輩《かんざきせんぱい》の言葉《ことば》に、私《わたし》は思《おも》わず目《め》を見開《みひら》いた。

隣《となり》にいる由紀《ゆき》も、おどろいて私《わたし》を見《み》ている。

「ど……どうして私《わたし》なんかに」

これって、いったい……どういう意味《いみ》？

突然《とつぜん》のことで、頭《あたま》がパニックになる。

「何《なに》かあったらいつでも連絡《れんらく》してこいよ。じゃあな！」

神崎先輩《かんざきせんぱい》は爽《さわ》やかにそう言《い》うと、走《はし》っていってしまった。

「え、あの……」

わたされたメモを手《て》にしたまま、私《わたし》は遠《とお》ざかる神崎先輩《かんざきせんぱい》の背中《せなか》を見送《みおく》っていた。

「すごい、まどか……。え、いつの間《ま》に？」

由紀《ゆき》の声《こえ》で、私《わたし》ははっと我《われ》にかえった。

「あー、いやいやいやいや、ほら、実行委員《じっこういいん》のことでいろいろ連絡《れんらく》とかあるし！　そうじゃなかったら、からかわれてるだけ……じゃないかな？」

うん、絶対《ぜったい》にそう。

だってこんなこと、あるわけない。

私《わたし》は自分《じぶん》に言《い》い聞《き》かせるように、そう言《い》った。

「……そんなことないよ。なんか、神崎先輩《かんざきせんぱい》もちょっとテレてたみたいだったし」

由紀《ゆき》は、すごーい、と私《わたし》の肩《かた》をバシバシ叩《たた》いた。

たしかに、神崎先輩《かんざきせんぱい》もちょっとはにかんでた。

あんなにモテるし、女子《じょし》と接《せっ》するのなんて慣《な》れてると思《おも》ってたから、意外《いがい》だった。

でも……あの神崎先輩《かんざきせんぱい》が、一年生《ねんせい》の、しかもドンくさい私《わたし》を相手《あいて》に本気《ほんき》なわけないし……。

「大丈夫《だいじょうぶ》だって！　連絡《れんらく》してみなよ！」

とまどっている私《わたし》の背中《せなか》を押《お》すように、由紀《ゆき》が言《い》った。

「……うん」

信《しん》じられない気持《きも》ちだったけど、連絡先《れんらくさき》をもらえたことは、すごくうれしい。

私《わたし》は手《て》の中《なか》のメモを開《ひら》いた。

『hikaru.tennis@skatmail……連絡《れんらく》ください　神崎光《かんざきひかる》』

そこには、几帳面《きちょうめん》な文字《もじ》でそう書《か》いてあった。

イケメンな人《ひと》は字《じ》もイケメンだなぁ。

あの神崎先輩《かんざきせんぱい》が、いつでも連絡《れんらく》してこいって、私《わたし》の目《め》を見《み》て言《い》ってくれた。

学校《がっこう》のアイドルからアプローチされるなんて夢《ゆめ》みたい。

ううん。

ちがうちがう。

私《わたし》ははっと現実《げんじつ》にもどって首《くび》をふった。

こんなことあるわけない、からかわれているだけだから、本気《ほんき》になっちゃダメ。

うれしいのと、とまどう気持《きも》ちと、調子《ちょうし》に乗《の》っちゃダメと自分《じぶん》に言《い》い聞《き》かせる気持《きも》ちが、順番《じゅんばん》に心《こころ》の中《なか》を行《い》ったり来《き》たりする。

アドレスはもらったけれど、連絡《れんらく》する勇気《ゆうき》なんてない。

だけど……。

神崎先輩《かんざきせんぱい》のはにかんだ笑顔《えがお》が、頭《あたま》の中《なか》からはなれない。

思《おも》い出《だ》すと、しあわせな気持《きも》ちになる。

私《わたし》の頭《あたま》の中《なか》は、神崎先輩《かんざきせんぱい》でいっぱいになっていた。

翌朝《よくあさ》、わくわくしながら、私《わたし》は学校《がっこう》に向《む》かっていた。

校門《こうもん》につづく坂道《さかみち》を歩《ある》いていても、ふっと口元《くちもと》がゆるんでしまう。

昨日《きのう》、学校《がっこう》から帰《かえ》ってすぐに、携帯《けいたい》に神崎先輩《かんざきせんぱい》のアドレスを登録《とうろく》した。

それから何度《なんど》も何度《なんど》も、携帯《けいたい》にメモリされている「神崎先輩《かんざきせんぱい》」の画面《がめん》を見《み》てしまった。

何度《なんど》かメールを送《おく》ろうとして書《か》きかけてみた。

『こんばんは。田中《たなか》まどかです。アドレスを教《おし》えていただいたので連絡《れんらく》してみました』

と、打《う》ちかけて、なんだかかたくるしいな、と消《け》してみた。

『まどかです♪　今何《いまなに》してますか？』

ううん、これじゃあ、なれなれしいし……と、やっぱりすぐに消《け》した。

そんなことを繰《く》りかえしているうちに、結局《けっきょく》、昨夜《さくや》は送《おく》れずにいた。

でも……。

今日《きょう》は、学校《がっこう》で神崎先輩《かんざきせんぱい》に会《あ》えるかな。

照《て》れくさそうに、笑《わら》いかけてくれるかな。

神崎先輩《かんざきせんぱい》のことを考《かんが》えながら歩《ある》いていると、突然《とつぜん》、後《うし》ろからドン、と誰《だれ》かがぶつかってきた。

「……え」

わざとのように感《かん》じて、思《おも》わず顔《かお》をしかめた。

と、反対側《はんたいがわ》からもつきとばされるようにぶつかられた。

「あの子《こ》、神崎先輩《かんざきせんぱい》のストーカーらしいよ」

「えー、マジ？　キモ〜い！　自分《じぶん》のこと鏡《かがみ》で見《み》たことないわけ？」

「ね、意味《いみ》わかんない」

今《いま》、つきとばしていった二人《ふたり》が数歩前《すうほまえ》に出《で》たところで振《ふ》りかえって、私《わたし》の顔《かお》をにらみつけた。

二年生《ねんせい》の、知《し》らない女《おんな》の先輩《せんぱい》だ。

「行《い》こう」

二人《ふたり》はプイと前《まえ》を向《む》いて行《い》ってしまう。

私《わたし》もくちびるをかみしめて、歩《ある》きだした。

さっきまでのときめく気持《きも》ちは、一気《いっき》に吹《ふ》きとんでしまっていた。

浮《う》かれて歩《ある》いていたときは気《き》がつかなかったけれど、ほかの女子生徒《じょしせいと》たちも、私《わたし》を見《み》て、ヒソヒソとささやいている。

由紀《ゆき》がいてくれたらいいのにな。

いつもは教室《きょうしつ》に入《はい》るまでの途中《とちゅう》で「おはよー」と声《こえ》をかけてくる由紀《ゆき》が、今日《きょう》は追《お》いついてこなかった。

校舎《こうしゃ》に入《はい》った私《わたし》は急《いそ》ぎ足《あし》で、一年《ねん》B《ビー》組《ぐみ》の教室《きょうしつ》を目指《めざ》した。

「おはよー！」

ようやく教室《きょうしつ》について、ドアのところで声《こえ》をかけた途端《とたん》、今《いま》まで楽《たの》しそうに話《はな》していたクラスメイトたちがシンと静《しず》まり返《かえ》った。

女子《じょし》は冷《つめ》たい目《め》で、男子《だんし》は好奇心《こうきしん》たっぷりの目《め》で私《わたし》を見《み》ている。

私《わたし》は、黙《だま》って自分《じぶん》の席《せき》に腰《こし》をおろした。

ふと机《つくえ》の中《なか》を見《み》ると、隙間《すきま》もないぐらい、ぎっしりと紙《かみ》がつめこまれている。

紙《かみ》の束《たば》をとりだしてみると『T3《ティースリー》に近《ちか》づくな』『キライキライ大《だい》キライ』『学校《がっこう》来《く》るな！』『みんなの神崎先輩《かんざきせんぱい》を返《かえ》せ！』などと書《か》いてある。

何枚《なんまい》もあるけれど、そのどれもが、フェルトペンで乱暴《らんぼう》に書《か》きなぐったような文字《もじ》で……。

私《わたし》への怒《いか》りと憎《にく》しみが伝《つた》わってくるようで、とても悲《かな》しくなる。

私《わたし》は黙《だま》って、紙《かみ》を机《つくえ》の中《なか》にもどした。

手《て》が、ガタガタふるえてた。

「まどか」

声《こえ》をかけられて顔《かお》をあげると、由紀《ゆき》が机《つくえ》の前《まえ》に立《た》っていた。

「あ、由紀《ゆき》、おはよう」

私《わたし》はホッとして、由紀《ゆき》に笑顔《えがお》を向《む》けた。

由紀《ゆき》はにこりともせずに、腕組《うでぐ》みをして、私《わたし》を見《み》おろしている。

「ちょっといい？」

そしてあごをクイッと動《うご》かして、廊下《ろうか》に出《で》ていった。


由紀《ゆき》は早足《はやあし》で、廊下《ろうか》をどんどん歩《ある》いていった。

そして突《つ》きあたりの家庭科室《かていかしつ》の前《まえ》で足《あし》を止《と》めて、私《わたし》に背中《せなか》を向《む》けたまま、口《くち》を開《ひら》いた。

「あのさあ、神崎先輩《かんざきせんぱい》のこと、どう思《おも》ってるの？」

「え、何《なに》、急《きゅう》に……」

神崎先輩《かんざきせんぱい》の名前《なまえ》に、ドキリとしたけれど、私《わたし》は笑顔《えがお》で問《と》いかえした。

由紀《ゆき》は私《わたし》の方《ほう》を見《み》ずに、イラついた様子《ようす》でため息《いき》をついている。

なんだか変《へん》。

由紀《ゆき》ったらいったいどうしたんだろう。

でも、由紀《ゆき》は親友《しんゆう》だし、応援《おうえん》してくれるみたいだったし、私《わたし》もちゃんと由紀《ゆき》に向《む》きあわなくちゃ。

「今《いま》は……、ちょっと好《す》きになってるかもしれない……」

恥《は》ずかしかったけれど、正直《しょうじき》な気持《きも》ちを口《くち》にした。

その瞬間《しゅんかん》、由紀《ゆき》が振《ふ》りかえった。

「まどかって、私《わたし》の親友《しんゆう》だよね？」

由紀《ゆき》は、にっこりと笑《わら》って、私《わたし》の目《め》をのぞきこむ。

「……うん」

いつもとちがう様子《ようす》に少《すこ》しとまどいながらも、私《わたし》はこくりとうなずいた。

「だったら、先輩《せんぱい》に近《ちか》づかないで」

由紀《ゆき》は突《つ》きさすような視線《しせん》で私《わたし》を見《み》ている。

「え……？」

頭《あたま》がごちゃごちゃで意味《いみ》がわからなくて、思《おも》わず聞《き》きかえしてしまった。

昨日《きのう》は私《わたし》のことを応援《おうえん》してくれていたはず。

なのに、急《きゅう》に態度《たいど》が変《か》わったのはどうして？

「だって、こんなに変《へん》なウワサが広《ひろ》まっちゃったら、いくら親友《しんゆう》でも、私《わたし》も守《まも》ってあげられないよ？　それに、これから先輩《せんぱい》が卒業《そつぎょう》したら、たいへんだよ？　まどかは学校《がっこう》で、ずっと一人《ひとり》ぼっちになっちゃうよ？　耐《た》えられる？」

由紀《ゆき》はそれだけ言《い》うと、いつもきれいだと思《おも》って見《み》とれていた髪《かみ》をなびかせながら、小走《こばし》りで教室《きょうしつ》にもどっていった。

私《わたし》はどうしたらいいのかわからず、しばらくその場《ば》から動《うご》けずにいた。


その日《ひ》の放課後《ほうかご》、私《わたし》は三年《ねん》生《せい》の教室《きょうしつ》がある上《うえ》の階《かい》に行《い》って、神崎先輩《かんざきせんぱい》を捜《さが》した。

三年《ねん》の先輩《せんぱい》たちの視線《しせん》は痛《いた》かったけれど、どうにか耐《た》えて、捜《さが》していると、廊下《ろうか》から非常階段《ひじょうかいだん》に通《つう》じるドアが開《あ》けっぱなしになっているのが見《み》えた。

T3《ティースリー》の三人《にん》は、非常階段《ひじょうかいだん》に出《で》て、腰《こし》をおろして話《はな》をしている。

私《わたし》はゆっくりと、非常階段《ひじょうかいだん》に近《ちか》づいていった。

「俺《おれ》、明日《あした》、神崎《かんざき》ちゃんみたいな髪型《かみがた》にしてこようかな」

髪《かみ》の短《みじか》い藤原先輩《ふじわらせんぱい》が、ふざけながら自分《じぶん》の前髪《まえがみ》を横《よこ》わけにしようとしている。

「いや、無理《むり》だろ」

神崎先輩《かんざきせんぱい》がすかさず言《い》い、いつもクールな五十嵐先輩《いがらしせんぱい》が二人《ふたり》のやりとりを見《み》て小《ちい》さく笑《わら》っている。

「あ、キミ……」

こちら向《む》きに座《すわ》っていた五十嵐先輩《いがらしせんぱい》が、最初《さいしょ》に私《わたし》に気《き》づいた。

「おお……まどかじゃん」

神崎先輩《かんざきせんぱい》が、私《わたし》の名前《なまえ》をちょっと照《て》れくさそうに呼《よ》んだ。

昨日《きのう》、何度《なんど》も思《おも》い出《だ》した、はにかんだ笑顔《えがお》に会《あ》えた。

でも今《いま》は、気持《きも》ちが華《はな》やぐことはない。

「俺《おれ》たち、おジャマじゃね？」

藤原先輩《ふじわらせんぱい》は、五十嵐先輩《いがらしせんぱい》の肩《かた》をたたいて立《た》ちあがろうとした。

「いいよ、バカ」

神崎先輩《かんざきせんぱい》は、藤原先輩《ふじわらせんぱい》たちを制《せい》すると、

「どうした？」

と、私《わたし》を見《み》る。

私《わたし》も神崎先輩《かんざきせんぱい》の顔《かお》を見《み》つめかえしたいけれどできなくて、目《め》の前《まえ》の床《ゆか》を見《み》つめていた。

「なんだよ、コワい顔《かお》して……」

神崎先輩《かんざきせんぱい》が言《い》うように、私《わたし》はくちびるをぎゅっとかみしめて、顔《かお》をしかめていた。

自分《じぶん》でも、血《ち》の気《け》がひいて、かたい表情《ひょうじょう》を浮《う》かべているのがわかる。

でも、どうしても、笑《わら》うことができない。

「あの、昨日《きのう》、連絡先《れんらくさき》をくれたのってどういう意味《いみ》……ですか」

私《わたし》は思《おも》いきって、口《くち》を開《ひら》いた。

「どういう意味《いみ》？　そんなこと言《い》わなくたってわかるでしょ？　俺《おれ》、キミの笑顔《えがお》をすごくいいなって思《おも》ったんだ。もっとキミのことを知《し》りたいと思《おも》ったんだよ」

神崎先輩《かんざきせんぱい》の言葉《ことば》に、胸《むね》がぎゅーっとしめつけられるような気《き》がした。

ときめく気持《きも》ちと、でも、逆《ぎゃく》に苦《くる》しい気持《きも》ちと……自分《じぶん》でもよくわからない。

「ダメだったかな？」

「そんな……ダメなわけありません。でも……」

「でも？」

「私《わたし》は……」

私《わたし》は？

私《わたし》は……どうしたらいいの？

神崎先輩《かんざきせんぱい》のことが気《き》になる。

きっと、好《す》きになりかかっている。

ううん、もう、好《す》きなんだと思《おも》う。

でも、親友《しんゆう》の由紀《ゆき》も大切《たいせつ》だし、一人《ひとり》になる勇気《ゆうき》もないし……。

何《なに》を言《い》ったらいいのかわからなくなって、私《わたし》はそのままくるりと背《せ》を向《む》けて走《はし》りだした。

「お、おい！」

神崎先輩《かんざきせんぱい》の声《こえ》が聞《き》こえたけれど、私《わたし》は振《ふ》りかえらずに走《はし》りさった。


先輩《せんぱい》か、親友《しんゆう》か、選《えら》べなかった。

やっぱり私《わたし》ってどんくさいな。

先輩《せんぱい》、ごめんなさい。

こんな私《わたし》、先輩《せんぱい》にふさわしくないから……。

思《おも》いをふりきるように走《はし》って、走《はし》って、走《はし》って……私《わたし》はひと気《け》のない体育館前《たいいくかんまえ》の階段《かいだん》に、崩《くず》れおちるように腰《こし》をおろした。

途端《とたん》に涙《なみだ》があふれてくる。

もう、先輩《せんぱい》のことは忘《わす》れよう。

先輩《せんぱい》に声《こえ》かけてもらって、アドレスをもらって、ときめいて……たった数日間《すうじつかん》で終《お》わってしまった私《わたし》の初《はじ》めての恋《こい》。

短《みじか》かったな。

先輩《せんぱい》ともっと、話《はな》したかったな。

でももうダメだよね、あんな風《ふう》に背中《せなか》を向《む》けちゃったし……。

「神崎先輩《かんざきせんぱい》……」

思《おも》わず、つぶやいた、そのとき……。

『みんな、聞《き》こえてるか？』

突然《とつぜん》、会《あ》いたいと思《おも》ってた人《ひと》の声《こえ》が聞《き》こえてきた。
え、何《なに》？
私《わたし》はあたりを見《み》まわした。
『三年《ねん》の神崎《かんざき》だ』
その声《こえ》は、スピーカーから聞《き》こえてくる。
神崎先輩《かんざきせんぱい》が、放送室《ほうそうしつ》から話《はな》しているっていうこと？
どういうこと？
私《わたし》は混乱《こんらん》していた。
「キャーッ！」
校舎内《こうしゃない》の開《あ》けはなたれた窓《まど》から、歓声《かんせい》が聞《き》こえてきた。
先輩《せんぱい》のファンたちが、さわいでいるみたいだ。
『突然《とつぜん》こんな真似《まね》してすみません』
神崎先輩《かんざきせんぱい》の声《こえ》が告《つ》げる。
『でも……、みんなに聞《き》いてほしいことがあるんだ』
そう言《い》ってしばらく、神崎先輩《かんざきせんぱい》は黙《だま》りこんだ。

『俺《おれ》には、好《す》きな子《こ》がいます。でも、俺《おれ》がその子《こ》を好《す》きになったせいで、彼女《かのじょ》は、イジメられるようになったみたいです』

それってもしかして……私《わたし》のこと、だよね。

私《わたし》は階段《かいだん》に座《すわ》ったまま、うつむいた。

『おまえらがやってるくだらないことで、その子《こ》がどれだけ悩《なや》んで傷《きず》ついているのか、わかってんのかよ！』

神崎先輩《かんざきせんぱい》は声《こえ》を張《は》りあげた。

『まわりのヤツらも、なんで助《たす》けないの？　みんながイジメてるから、同《おな》じようにイジメるのかよ？』

神崎先輩《かんざきせんぱい》の言葉《ことば》がうれしくて、もったいなくて、胸《むね》につきささる。

『高校生《こうこうせい》にもなって、カッコ悪《わる》くね？』

先輩《せんぱい》は、さらにつづけた。

『これ以上《いじょう》、まどかに何《なに》かしたら俺《おれ》は絶対《ぜったい》に許《ゆる》さない。……俺《おれ》が、彼女《かのじょ》を守《まも》る』

「神崎先輩《かんざきせんぱい》……」

私《わたし》は膝《ひざ》の上《うえ》のこぶしをギュッと握《にぎ》りしめた。

そして立《た》ちあがり、走《はし》りだした。

放送室《ほうそうしつ》のドアの前《まえ》には、藤原先輩《ふじわらせんぱい》と五十嵐先輩《いがらしせんぱい》が立《た》ちはだかっていた。

「まったくおまえらは……」

教頭先生《きょうとうせんせい》が二人《ふたり》に怒《おこ》っているけれど、

「まあいいじゃないですか〜。ほら、もう終《お》わりましたから」

藤原先輩《ふじわらせんぱい》が教頭先生《きょうとうせんせい》の肩《かた》を押《お》すようにして、職員室《しょくいんしつ》の方《ほう》に帰《かえ》るよう、うながしている。

そこにドアが開《ひら》いて、神崎先輩《かんざきせんぱい》が出《で》てきた。

「言《い》うね、神崎《かんざき》」

五十嵐先輩《いがらしせんぱい》がニヤリと笑《わら》いかけた。

「さすが神崎《かんざき》ちゃん、イケメン！」

藤原先輩《ふじわらせんぱい》が、神崎先輩《かんざきせんぱい》の肩《かた》に手《て》をまわしてひやかしている。

神崎先輩《かんざきせんぱい》はうつむいてテレくさそうに笑《わら》っている。

私《わたし》はためらいながらも、放送室《ほうそうしつ》に近《ちか》づいていった。

「えーっ？　俺《おれ》たち、ジャマ？　ジャマかな？　え、そう？」

藤原先輩《ふじわらせんぱい》がふざけながら、神崎先輩《かんざきせんぱい》の体《からだ》をゆすっている。

「ほら、行《い》くぞ」

五十嵐先輩《いがらしせんぱい》が藤原先輩《ふじわらせんぱい》の首《くび》に腕《うで》をまわし、無理《むり》やり、ひっぱっていこうとする。

「……まどか」

と、そこに、由紀《ゆき》があらわれた。

「由紀《ゆき》？」

走《はし》ってきた由紀《ゆき》が、はあはあと、肩《かた》で息《いき》をしている。

「まどか、先輩《せんぱい》……ごめんなさい！」

由紀《ゆき》は私《わたし》たちに頭《あたま》をさげた。

「私《わたし》、大好《だいす》きな親友《しんゆう》とあこがれの先輩《せんぱい》をいっぺんに失《うしな》うのがイヤだったの。それで、まどかの悪《わる》いウワサ流《なが》して……」

由紀《ゆき》は涙声《なみだごえ》で言《い》った。

「俺《おれ》とまどかをいっぺんに失《うしな》うって……その考《かんが》え方《かた》、変《へん》じゃないかな」

神崎先輩《かんざきせんぱい》が、口《くち》を開《ひら》いた。

「え？」

由紀《ゆき》が顔《かお》をあげる。

「俺《おれ》もまどかもこれまでと変《か》わらずここにいるし……。まどかはキミの友《とも》だちだろ？　まどかは何《なに》も変《か》わらないだろ？」

「……そ、そうだよ、由紀《ゆき》。私《わたし》、由紀《ゆき》とずっと仲《なか》よくしていたいよ！」

私《わたし》も、心《こころ》からの思《おも》いを口《くち》にした。

「俺《おれ》たちもいま〜す！」

藤原先輩《ふじわらせんぱい》がおどけて手《て》をあげながら言《い》う。

「あ、あとコイツもいるよ。無口《むくち》でスカしたヤツだけど、仲《なか》よくしてやって」

と、五十嵐先輩《いがらしせんぱい》を親指《おやゆび》でさす。

「誰《だれ》がスカしてるって？」

五十嵐先輩《いがらしせんぱい》は、藤原先輩《ふじわらせんぱい》の首《くび》にまわしていた腕《うで》の力《ちから》を強《つよ》めた。

「痛《いて》てててて。じゃあ、えっと……キミもいっしょに帰《かえ》ろっか」

藤原先輩《ふじわらせんぱい》が明《あか》るく由紀《ゆき》に声《こえ》をかける。

「え？　そ、そんな……。えっと……」

由紀《ゆき》は私《わたし》の顔《かお》を見《み》た。

「由紀《ゆき》、正直《しょうじき》に言《い》ってくれてありがとう」

私《わたし》は由紀《ゆき》の顔《かお》を見《み》て、うなずいた。

「よーし、一件落着《いっけんらくちゃく》。じゃあ由紀《ゆき》ちゃん、俺《おれ》たちと帰《かえ》ろ！」

「……は、はい」

由紀《ゆき》は緊張気味《きんちょうぎみ》に、藤原先輩《ふじわらせんぱい》たちと帰《かえ》っていった。

「よかったな、友《とも》だちと仲《なか》なおりできて」

神崎先輩《かんざきせんぱい》はやさしい目《め》で、私《わたし》を見《み》ている。

「神崎先輩《かんざきせんぱい》、私《わたし》……」

私《わたし》はまっすぐに神崎先輩《かんざきせんぱい》を見《み》つめた。

すると……。

「俺《おれ》、言《い》ってなかったけど、卒業《そつぎょう》したら東京《とうきょう》に行《い》こうと思《おも》ってる」

先輩《せんぱい》が、突然《とつぜん》、言《い》った。

「え……」

「地元《じもと》の大学《だいがく》は受《う》けないで、東京《とうきょう》の大学《だいがく》を受験《じゅけん》するんだ」

神崎先輩《かんざきせんぱい》は行《い》きたい大学《だいがく》があって、合格《ごうかく》を目指《めざ》して猛勉強《もうべんきょう》しているらしい。

「でも俺《おれ》、まどかのこと待《ま》ってるから」

神崎先輩《かんざきせんぱい》は言《い》った。

「え？」

「メールくれるのも待《ま》ってるし……」

先輩《せんぱい》はいたずらっぽく笑《わら》って私《わたし》の顔《かお》を見《み》る。

「大学《だいがく》に受《う》かって東京《とうきょう》に行《い》ったとしても、ずっと待《ま》ってる」

私《わたし》はその言葉《ことば》がうれしくて、大《おお》きくうなずいた。

「はい、待《ま》っててください！」

自然《しぜん》に笑顔《えがお》になっていた。

「……やっと笑顔《えがお》見《み》れた」

神崎先輩《かんざきせんぱい》は私《わたし》の髪《かみ》をくしゃっとする。

「やっぱ、笑《わら》ってた方《ほう》がいいよ」

先輩《せんぱい》に言《い》われて、私《わたし》はとびきりの笑《え》みを浮《う》かべた。

「あ、そういえば俺《おれ》のこと下《した》の名前《なまえ》で呼《よ》んでよ」

「え、そんな急《きゅう》には……」

「じゃあ体育祭《たいいくさい》のリレーで俺《おれ》が一位《い》でテープ切《き》ったらさ、ごほうびに光《ひかる》って呼《よ》んでよ」

「む、無理《むり》で……」

私《わたし》がまっ赤《か》になって首《くび》をふろうとしているのをさえぎって、

「約束《やくそく》だよ」

神崎先輩《かんざきせんぱい》がにっこりと笑《わら》った。

「ほら、行《い》くぞ」

「……はい」

私《わたし》はもう一度《いちど》しっかりとうなずいた。

こんなにステキな先輩《せんぱい》が、私《わたし》を選《えら》んでくれたんだから、びくびくしたり、迷《まよ》ったりしないで、堂々《どうどう》としていよう。

先輩《せんぱい》がいるから、大丈夫《だいじょうぶ》。

私《わたし》はスラリと背《せ》の高《たか》い神崎先輩《かんざきせんぱい》の隣《となり》に並《なら》んで、歩《ある》きだした。

3

ボールも気《き》持《も》ちもキャッチして…

カキーン。

「もう一本《いっぽん》、行《い》くよー！」

「お願《ねが》いしまーす」

コーチがボールを打《う》つ音《おと》と、ソフトボール部《ぶ》の部員《ぶいん》たちのかけ声《ごえ》が、グラウンドをぐるりと囲《かこ》むまわりの山々《やまやま》にこだまする。

放課後《ほうかご》のいつもの光景《こうけい》だ。

「神戸《かんべ》ー、ラスト一本《いっぽん》！」

「はい！」

私《わたし》はコーチが打《う》ったボールをキャッチして、ファーストベースでかまえている先輩《せんぱい》に向《む》かって送球《そうきゅう》した。

私《わたし》の投《な》げたボールは、パシッといい音《おと》を立《た》てて先輩《せんぱい》のファーストミットにおさまった。

「ナイスキャッチ！　ナイススロー！」

ほかの部員《ぶいん》たちの声《こえ》があがった。

「ありがとうございます！」

私《わたし》は大声《おおごえ》で返《かえ》すと、次《つぎ》の選手《せんしゅ》と場所《ばしょ》を代《か》わった。


私《わたし》は、神戸未知《かんべみち》。

ソフトボール部所属《ぶしょぞく》の高校《こうこう》一年生《ねんせい》。

練習《れんしゅう》を終《お》えて、ベンチで水筒《すいとう》の水《みず》をゴクゴクと飲《の》んで、ふうと一息《ひといき》ついた。

もう九月《がつ》の終《お》わり。

だいぶ秋《あき》の気配《けはい》を感《かん》じる季節《きせつ》になったとはいえ、やっぱり練習《れんしゅう》の後《あと》は暑《あつ》くて汗《あせ》だく！


はあ、それにしても今日《きょう》の練習《れんしゅう》は、キツかったな。

うちの高校《こうこう》のソフト部《ぶ》は、全国大会《ぜんこくたいかい》レベル。

放課後《ほうかご》はもちろん、朝練《あされん》も毎日《まいにち》。

土日《どにち》も練習《れんしゅう》か試合《しあい》。

でも、流《なが》した汗《あせ》の量《りょう》だけ、報《むく》われる！

そう信《しん》じて、がんばる毎日《まいにち》を送《おく》っていた。

「だいぶ上達《じょうたつ》したな」

って、顧問《こもん》の先生《せんせい》や先輩《せんぱい》にほめられると、うれしくてたまらない！


それにしても、今日《きょう》はいつにも増《ま》して練習着《れんしゅうぎ》がドロドロ。

午前中《ごぜんちゅう》まで雨《あめ》が降《ふ》っていて、グラウンドがぐちゃぐちゃだったからなあ……。

もしかしたら顔《かお》もドロドロかもしれないけど、鏡《かがみ》を見《み》に行《い》くヒマもない。

一年生《ねんせい》は練習《れんしゅう》が終《お》わった後《あと》も、用具《ようぐ》の片《かた》づけをしたり、グラウンドの整備《せいび》をしたりとやることはたくさん。

私以外《わたしいがい》の一年生部員《ねんせいぶいん》の子《こ》たちは、もうみんな片《かた》づけをはじめている。

早《はや》く行《い》かなくちゃ、と、水筒《すいとう》を置《お》いて立《た》ちあがろうと思《おも》ったとき、足元《あしもと》にころころとボールが転《ころ》がってきた。

ソフトボールのボールじゃなくて、ひと回《まわ》り小《ちい》さい野球《やきゅう》のボールだ。

野球部《やきゅうぶ》とソフト部《ぶ》は、たまに同《おな》じグラウンドを使《つか》っているから、ときどきボールが転《ころ》がってくる。

「おお、未知《みち》！　さぼってんのか～」

さわやかに笑《わら》いながら走《はし》ってきたのは野球部《やきゅうぶ》の一年生部員《ねんせいぶいん》、衛藤智己《えとうともき》。

私《わたし》も小学生《しょうがくせい》の頃《ころ》までは、男《おとこ》の子《こ》といっしょに野球《やきゅう》チームに入《はい》っていたから、智己《ともき》とは普段《ふだん》もよく野球《やきゅう》の話《はなし》をする。

ボールを拾《ひろ》って立《た》ちあがると、智己《ともき》がグローブをかまえた。

私《わたし》は智己《ともき》のグローブをめがけてボールを投《な》げた。

「さぼってねえ……よっ」

パシッ。

ど真《ま》ん中《なか》にいいボールが決《き》まった。

「ナイスボール！」

笑顔《えがお》で言《い》いながら、智己《ともき》はあたりを素早《すばや》く見《み》まわして、ソフト部《ぶ》のコーチや先輩《せんぱい》たちがいないのを確認《かくにん》してから、

「さっき、やべぇノック受《う》けてたな」

智己《ともき》は私《わたし》の近《ちか》くまで走《はし》ってくると、顔《かお》をよせてグローブで口元《くちもと》を隠《かく》しながら、内緒話《ないしょばなし》をするようにささやいた。

「見《み》てた？」

私《わたし》も同《おな》じように少《すこ》し声《こえ》をおさえて言《い》った。

「うん、ちょうど俺《おれ》が外野《がいや》のボール拾《ひろ》いしてたとき、おまえがノック受《う》けてたから」

「あれ、めっちゃキツかったわ〜」

今日《きょう》の練習《れんしゅう》は、ストレッチからはじまって、ベースランニング、キャッチボール、ノック、バッティング練習《れんしゅう》……。

何《なに》よりも最後《さいご》の守備練習《しゅびれんしゅう》がキツかった。

もう最後《さいご》の方《ほう》は、ほとんど足《あし》が動《うご》かなかった。

「でも、いい動《うご》きしてたと思《おも》うよ」

「ホント？」

いつも野球《やきゅう》に本気《ほんき》の智己《ともき》にほめてもらって、うれしくなる。

ドロドロになるまでがんばってよかった！

「おーい、衛藤《えとう》、ボールはあったのか？　早《はや》くもどってこい！」

野球部《やきゅうぶ》の先輩部員《せんぱいぶいん》から、智己《ともき》を呼《よ》ぶ声《こえ》がした。

「すいません！　今行《いまい》きます！」

智己《ともき》はシャキッと背筋《せすじ》をのばしてすぐに返事《へんじ》をすると、もう一度《いちど》私《わたし》の方《ほう》を見《み》た。

「練習《れんしゅう》がんばれよ」

「智己《ともき》もな」

「おう」

智己《ともき》は野球部《やきゅうぶ》の帽子《ぼうし》をとって、短《みじか》めの髪《かみ》をかきあげてかぶりなおすと、表情《ひょうじょう》を引《ひ》きしめて走《はし》っていった。

私《わたし》は、智己《ともき》の背中《せなか》をしばらく見送《みおく》ってから、自分《じぶん》に気合《きあい》を入《い》れるためにぺちぺちと片方《かたほう》の頰《ほお》を叩《たた》いた。

そして、片《かた》づけをしているメンバーの方《ほう》に走《はし》っていく。

遅《おく》れをとりもどそうと一生懸命《いっしょうけんめい》グラウンドの整備《せいび》をしながら、私《わたし》は一度《いちど》だけチラッと野球部《やきゅうぶ》の方《ほう》を見《み》た。

今度《こんど》は野球部《やきゅうぶ》の守備練習《しゅびれんしゅう》がはじまって、智己《ともき》がしごかれている。

「智己《ともき》、がんばれ」

私《わたし》は小《ちい》さくつぶやいた。

数日後《すうじつご》――。

頭《あたま》をポンポンとされたような気《き》がして顔《かお》をあげた。
目《め》の前《まえ》はぼんやりしているけれど、誰《だれ》かがいるのがわかる。
目《め》を何度《なんど》かこすってよく見《み》ると、そこには日《ひ》に焼《や》けた浅黒《あさぐろ》い肌《はだ》に大《おお》きな目《め》……。
智己《ともき》だ。
白《しろ》い長《なが》そでシャツを腕《うで》まくりした智己《ともき》が、これまで見《み》たことのないような、やさしい微笑《ほほえ》みを浮《う》かべている。

夢《ゆめ》？

現実《げんじつ》？

一瞬《いっしゅん》、ここがどこかわからなかったけれど……教室《きょうしつ》だ。

そうだ、まだ朝《あさ》のホームルーム前《まえ》だったはずだけど……私《わたし》ったら、いつのまにか机《つくえ》につっぷして眠《ねむ》っていたみたい。

「あ〜あ」

思《おも》いっきり伸《の》びをしながらあくびをして、目《め》をぱちぱちすると、やっぱり智己《ともき》がいた。

私《わたし》の前《まえ》の席《せき》のイスに座《すわ》って、こっちを向《む》いている。

まだ早《はや》い時間《じかん》だからか、教室《きょうしつ》には私《わたし》と智己《ともき》、二人《ふたり》きり。

「なんて顔《かお》してんだよ」

智己《ともき》はあきれたように笑《わら》っている。

「今日朝練《きょうあされん》で早《はや》くてさ」

まだ、頭《あたま》はぼんやりしている。

「そっか」

「しかも、ずーっと地獄《じごく》の守備練習《しゅびれんしゅう》」

「ああ、例《れい》のやつね。俺《おれ》もさ……」

智己《ともき》が何《なに》か言《い》ってる。

それはわかってるんだけど、眠気《ねむけ》には勝《か》てない。

ちゃんと話《はなし》を聞《き》いてあげたいのに、まぶたがとろんと落《お》ちてくる。

私《わたし》は再《ふたた》びつっぷすように頭《あたま》を机《つくえ》の上《うえ》に置《お》いた。

「がんばったな」

智己《ともき》の大《おお》きな手《て》が、私《わたし》の頭《あたま》をポンポンって、してくれた。

野球《やきゅう》の話《はなし》をするときよりも、なんとなくやさしい声色《こわいろ》と、手《て》のあたたかさ。


ん？


私《わたし》はハッとして、ぼさぼさ頭《あたま》のまま起《お》きあがった。

じゃあ、さっき起《お》きたときのポンポンも夢《ゆめ》じゃなくて、智己《ともき》がしてくれたの？

なんだかドキドキしてしまって、一気《いっき》に眠気《ねむけ》が覚《さ》めてしまった。

なんか今《いま》の、いい雰囲気《ふんいき》っていうか、テレビや映画《えいが》でよく見《み》るときめきシーンみたいだった。

胸《むね》の鼓動《こどう》が、全力疾走《ぜんりょくしっそう》したときぐらい速《はや》まっているけれど……これって、何《なに》？

まるで私《わたし》のこと女《おんな》の子《こ》あつかい……っていうか、いやまあ、女《おんな》の子《こ》なんだけど、こんなことされたことないから、とまどってしまう。

「お？　しっかり手入《てい》れされてますねえ」

智己《ともき》は言《い》った。

「え、いや、ボサボサで……」

私《わたし》は髪《かみ》の毛《け》を手《て》で整《ととの》えようと、おさえた。

部活《ぶかつ》のときは後《うし》ろで一《ひと》つに結《むす》んでいるけれど、制服《せいふく》のときはおろしている。

でも部活《ぶかつ》のあと、ちゃんととかした記憶《きおく》がない。今《いま》は寝起《ねお》きだし、きっとぐしゃぐしゃだ。

「ちゃんとクリーム塗《ぬ》ってる？」

「いや、そんなにちゃんと手入《てい》れは……」

と、髪《かみ》をなでながら智己《ともき》を見《み》ると、机《つくえ》の上《うえ》にあった私《わたし》のグローブを手《て》にとって、見《み》ていた。

「なんだ、グローブのことか」

「なんだ、って、ほかに何《なに》があるんだよ」

「ううん、なんでもない」

「よく使《つか》いこまれてていいグローブだな」

「うん、ちゃんと毎日手入《まいにちてい》れしてるから」

「えらいえらい」

智己《ともき》はグローブをはめてみている。

私《わたし》はくちびるに笑《え》みを浮《う》かべながら、その様子《ようす》を見《み》ていた。

「お？」

智己《ともき》はグローブの中《なか》に入《はい》っているソフトのボールに気《き》づいたみたい。

そこには『高校《こうこう》　初《はつ》ホームラン！』って、油性《ゆせい》ペンで書《か》いてある。

そう、このボールは私《わたし》のお守《まも》り。

宝物《たからもの》だ。

「え、おまえホームラン打《う》ったの？」

智己《ともき》は目《め》をまんまるく見《み》ひらいて、ボールを私《わたし》の方《ほう》に突《つ》きだしてきた。

「うん。練習試合《れんしゅうじあい》だけど」

私《わたし》は智己《ともき》の手《て》からボールをとりあげて、見《み》つめた。

あの日《ひ》の喜《よろこ》びがこみあげてきて、顔《かお》がほころんできてしまう。

「練習試合《れんしゅうじあい》でもすげえじゃん！　まだ一年《ねん》なのに出《だ》してもらえるだけで」

智己《ともき》はおどろきを顔《かお》に浮《う》かべたまま、声《こえ》をあげた。

「めっちゃくちゃうれしくてさ、記念《きねん》にもらったんだ」

私《わたし》はもう一度《いちど》、智己《ともき》の手《て》にボールをわたした。

「へーえ」

智己《ともき》は手《て》の中《なか》のボールを、ポンポンとしている。

あれ、ソフトボールのボールって大《おお》きくて、私《わたし》の手《て》の中《なか》だとあまってしまうぐらいなのに、智己《ともき》が持《も》つと小《ちい》さく見《み》える。

なんだかちょっと、悔《くや》しかったりして。

「未知《みち》はさ、どこのポジション希望《きぼう》なの？」

「ん？　笑《わら》わない？」

「笑《わら》うわけないじゃん」

智己《ともき》が真面目《まじめ》な顔《かお》になる。

「最終的《さいしゅうてき》にはピッチャーをやりたいな、って思《おも》ってる」

「あ、俺《おれ》も！」

「そうなんだ？」

「中学《ちゅうがく》のときはエースで四番《よばん》だったんだぜ」

「え、そうなの？　智己《ともき》ってすごいんだね」

「なんだよ、今《いま》さら知《し》ったのかよ」

智己《ともき》は私《わたし》にデコピンをした。

「ストラーイク！」

「ストライクじゃないよ、もう」

私《わたし》はおでこをおさえながら智己《ともき》を軽《かる》くにらむ。

「おたがい夢《ゆめ》がかなうといいな」

「うん！　でもまだまだレギュラーは遠《とお》いかなあ」

「でも、一年生《ねんせい》なのに練習試合《れんしゅうじあい》出《だ》させてもらったんだろ。それってすごいことだよ。俺《おれ》が言《い》うんだからまちがいない」

智己《ともき》は真剣《しんけん》な顔《かお》で言《い》った。

「……ありがと」

「記念《きねん》のホームランボールか。いいね、こういうの」

智己《ともき》はしみじみとボールを眺《なが》めている。

「はい」

そして、私《わたし》にボールをさしだした。

でも受《う》けとろうとした直前《ちょくぜん》で、智己《ともき》は手《て》をわざと遠《とお》ざけた。

「ちょっと、返《かえ》せったら！」

「はい」

そう言《い》いながらさしだしてきて、また遠《とお》ざける。

「だから返《かえ》せって！」

私《わたし》は智己《ともき》の腕《うで》をはたいた。

でもなかなか返《かえ》してくれない。

まったく、小学生《しょうがくせい》かっつーの。

自分《じぶん》でもそう思《おも》っちゃうけど、智己《ともき》とじゃれていると、楽《たの》しくてたまらない。

この時間《じかん》がずっとつづくといいな、なんて、柄《がら》にもなく思《おも》いはじめていると……。

そこに、同《おな》じクラスの吉野龍樹《よしのたつき》が登校《とうこう》してきた。

「おまえらホント、仲《なか》いいよな」

お調子者《ちょうしもの》の龍樹《たつき》が、私《わたし》たちをからかうように言《い》う。

「野球《やきゅう》とソフトボール、同《おな》じダイヤモンドでがんばってるもん同士《どうし》だからな」

智己《ともき》はそう言《い》いながら、グローブの中《なか》にボールを元《もと》どおりにしまって、ていねいに私《わたし》の机《つくえ》の上《うえ》に置《お》いてくれた。

「へーえ、いっそのことつきあっちゃえばいいじゃん」

龍樹《たつき》はおどけた調子《ちょうし》で、私《わたし》たち二人《ふたり》を指《ゆび》さして言《い》った。

「ば……ばかなこと言《い》うなよ」

私《わたし》が動揺《どうよう》して、立《た》ちあがったのと対照的《たいしょうてき》に、智己《ともき》は余裕《よゆう》の表情《ひょうじょう》を浮《う》かべている。

そして……。

「……つか、おまえそんな余裕《よゆう》ぶっこいてるけど、ズボンのチャックあいてるぞ」

智己《ともき》は、龍樹《たつき》に真剣《しんけん》な顔《かお》で忠告《ちゅうこく》した。

「え？」

龍樹《たつき》はあせってズボンを確認《かくにん》する。

「あいてねーし！」

「ハハハ、ウッソー。だまされてやんの」

智己《ともき》はゲラゲラ笑《わら》っている。

「そういえば龍樹《たつき》、この前《まえ》、テスト赤点《あかてん》だったでしょー」

私《わたし》もこのチャンスに、龍樹《たつき》への攻撃《こうげき》に転《てん》じた。

「いやいや、それはさあ……」

龍樹《たつき》はすっかり形勢不利《けいせいふり》になった。

私《わたし》たちが三人《にん》でわいわいやっていると、ほかのクラスメイトたちも登校《とうこう》してきた。

教室《きょうしつ》の中《なか》はどんどんにぎやかになっていく。

「てかおまえ、髪《かみ》の毛《け》ぐしゃぐしゃだぞ。いつもひでーけど、今日《きょう》はさらにすごいことになってるじゃん」

今度《こんど》は龍樹《たつき》が私《わたし》の頭《あたま》を指《ゆび》さして反撃《はんげき》してきた。

「うるせーよ！」

私《わたし》はあわてて両手《りょうて》で髪《かみ》の毛《け》をおさえた。

そんな私《わたし》を見《み》て、智己《ともき》が笑《わら》っている。

髪《かみ》の毛《け》のことなんて今《いま》まであんまり気《き》にしてなかったけど、なんだか急《きゅう》に恥《は》ずかしくなってきた。

いつもひでー、とか言《い》われちゃったし、やっぱり女子《じょし》としてひどすぎるかな。

「さっき豪快《ごうかい》に寝《ね》てたもんな。そういえば未知《みち》って、授業中《じゅぎょうちゅう》も、あくびばっかしてるよなあ」

智己《ともき》が言《い》う。

「それは智己《ともき》だって人《ひと》のこと言《い》えないだろ！」

私《わたし》はいつもの調子《ちょうし》で即座《そくざ》に言《い》いかえしてしまった。

こんなふうじゃあ、智己《ともき》にも女《おんな》の子《こ》として見《み》られてないかもなあ〜。

私《わたし》が自己嫌悪《じこけんお》におちいりそうになっていると……。

「おはよっ」

クラスメイトの猪瀬萌《いのせもえ》が明《あか》るくあいさつをしながら入《はい》ってきた。

萌《もえ》は手《て》をふりながら、そのまままっすぐに智己《ともき》のところに歩《ある》いてくる。

「おはよ」

智己《ともき》があいさつを返《かえ》す。

私《わたし》と龍樹《たつき》もあいさつしようとしたけれど、萌《もえ》は智己《ともき》のことしか見《み》ていないようで、すぐに話《はな》しはじめた。

「ねぇねぇ智己《ともき》〜、今日《きょう》、髪型《かみがた》変《か》えてみたの。どう？」

萌《もえ》はサイドの髪《かみ》を後《うし》ろで留《と》めて、おろした毛先《けさき》を巻《ま》いている。
うわあ、こんな髪型《かみがた》、やろうと思《おも》ったらどれぐらいの時間《じかん》がかかるんだろう。
私《わたし》には想像《そうぞう》もつかない。
てか、もしやったとしても、朝練《あされん》でぐちゃぐちゃになっちゃうから意味《いみ》ないか。
「んー、かわいいんじゃね？」
智己《ともき》は言《い》った。
その言葉《ことば》に、心臓《しんぞう》にチクリと針《はり》を刺《さ》されたような、痛《いた》みをおぼえる。
ぼさぼさ頭《あたま》の私《わたし》とは大《おお》ちがい。
やっぱり、智己《ともき》は女《おんな》の子《こ》らしい子《こ》がいいのかな。
普通《ふつう》、男子《だんし》は女子力高《じょしりょくたか》い子《こ》が好《す》きだよね。
萌《もえ》は小柄《こがら》だし、色白《いろじろ》だし、しゃべり方《かた》も仕草《しぐさ》もかわいいし……。
「ホント？　やったー！」
萌《もえ》は素直《すなお》に声《こえ》をあげた。
両手《りょうて》を顔《かお》の前《まえ》で小《ちい》さくたたいて、よろこんでいる。
そういう仕草《しぐさ》も、女子《じょし》っぽい。

「あ、なんかいい匂《にお》いしない？」

龍樹《たつき》が、鼻《はな》をひくひくさせた。

「わかる？」

萌《もえ》は目《め》を輝《かがや》かせた。

「ホントだ」

智己《ともき》もうなずいている。

「シャンプー変《か》えたんだ。さて、なんの匂《にお》いでしょうか？」

「えー？」

「そんなの、わかるかよ」

龍樹《たつき》と智己《ともき》は首《くび》をかしげている。

「あ、俺《おれ》わかった、ベルガモット！」

「ベルガモット？　なんだよそれ？　龍樹《たつき》ホントにわかって言《い》ってんの？」

二人《ふたり》はもう私《わたし》に背《せ》を向《む》けて、萌《もえ》のシャンプーの香《かお》りを当《あ》てっこしている。

「ぶっぶー、ちがいまーす。正解《せいかい》はぁ……」

萌《もえ》は楽《たの》しそうにはしゃいでいる。

日《ひ》に焼《や》けた肌《はだ》にボサボサ頭《あたま》の私《わたし》は、敗北感《はいぼくかん》に打《う》ちのめされて、ひっそりとイスに座《すわ》った。


数日後《すうじつご》の放課後《ほうかご》、私《わたし》たちソフトボール部《ぶ》の一年生《ねんせい》は、いつものように練習前《れんしゅうまえ》の準備《じゅんび》をしていた。

グラウンドをならして、ベースを置《お》いていったり、用具《ようぐ》を出《だ》したり……。

「あっ！」

ボールの入《はい》ったカゴを運《はこ》んでいたとき、うっかりつまずいてバランスを崩《くず》してしまった。

カゴから飛《と》びだしたボールが、ころころ転《ころ》がっていく。

私《わたし》はカゴを置《お》いて、地面《じめん》に落《お》ちたボールを集《あつ》めはじめた。

「あれ、あと一個《いっこ》足《た》りないな」

グラウンドの隅《すみ》にあるベンチの下《した》をのぞきこんでみる。

このあたりにあるはずなんだけど……。

「探《さが》してるのはこれ？」

声《こえ》がしたので顔《かお》をあげると、萌《もえ》がボールを両手《りょうて》で持《も》って、首《くび》をかしげながら立《た》っていた。

「ありがとう！」

受《う》けとろうと走《はし》っていくと、萌《もえ》はさっとボールを後《うし》ろに隠《かく》した。

「え？」

「アンタなんかにわたさないから」

小柄《こがら》できゃしゃな萌《もえ》は、背《せ》の高《たか》い私《わたし》を見《み》あげている。

「でもそのボールがないと、困《こま》るんだけど……」

「ボールじゃなくて。智己《ともき》くん」

「え？」

意味《いみ》がわからなくて、私《わたし》は顔《かお》をしかめた。

「アンタが勘《かん》ちがいしているみたいだから教《おし》えてあげるけど、智己《ともき》くんは同《おな》じ運動部《うんどうぶ》の仲間《なかま》として、アンタと接《せっ》してるだけだから」

萌《もえ》は、今《いま》まで聞《き》いたことがないような、低《ひく》く迫力《はくりょく》のある声《こえ》で言《い》った。

勘《かん》ちがいなんかしていない。

智己《ともき》と私《わたし》は、運動部《うんどうぶ》の仲間《なかま》としておたがいに認《みと》めあっている。

それは、確信《かくしん》していた。

でもそれをうまく、言葉《ことば》にして萌《もえ》に伝《つた》えることができない。

私《わたし》は何《なに》も言《い》いかえせなかった。

グローブの中《なか》の手《て》を、ぎゅっとこわばらせて、悔《くや》しさにふるえていた。

「アンタさ、女《おんな》の子《こ》として、何《なに》か努力《どりょく》してることある？」

萌《もえ》は私《わたし》から目《め》をそらさずに、たずねてくる。

「いや……」

「してるわけないよね」

萌《もえ》は言《い》いかけた私《わたし》の言葉《ことば》をさえぎって、さらにつづけた。

「教室《きょうしつ》で寝《ね》るわ、髪《かみ》もボッサボサ。いつも汗臭《あせくさ》いし。毎日毎日《まいにちまいにち》泥《どろ》だらけになってこんな汚《きたな》いボール追《お》いかけてさ。女《おんな》の子《こ》としてなんの努力《どりょく》もしてないアンタなんかを、誰《だれ》も女《おんな》としてなんか見《み》るワケないじゃん？」

イジワルなことを口《くち》にしながらも、萌《もえ》はくすっと小《ちい》さく笑《わら》い、かわいらしく語尾《ごび》をのばして言《い》った。

「だ・か・ら」

萌《もえ》はズン、と一歩《いっぽ》近《ちか》づいてきた。

「調子《ちょうし》にのんなよ」

そして、大《おお》きな目《め》をするどく細《ほそ》めて、私《わたし》を見《み》あげた。

あらためて近《ちか》くで萌《もえ》を見《み》ると、肌《はだ》はつるつるだし、まゆ毛《げ》もきちんと整《ととの》えている。勝《か》ちほこったような笑《え》みを浮《う》かべたくちびるはツヤツヤだし……しかも、汗臭《あせくさ》くなくていい匂《にお》いがする。かわいいと思《おも》うところをあげると、キリがないぐらい出《で》てくる。

そうだよね。

こんなに身《み》なりに気《き》をつかっている、女子力《じょしりょく》の高《たか》い子《こ》に、私《わたし》が勝《か》てるわけない。

私《わたし》はうつむいて、くちびるをぎゅっとかみしめた。


「そうだよな」

声《こえ》がして振《ふ》りかえると、野球部《やきゅうぶ》のユニフォーム姿《すがた》の智己《ともき》が立《た》っていた。

「智己《ともき》……」

話《はなし》、聞《き》いてたんだ……。

私《わたし》が萌《もえ》に言《い》われてたこと、聞《き》いてたんだ……。

なんだかさらにみじめな気持《きも》ちになる。

「俺《おれ》、努力《どりょく》しないヤツって好《す》きになれないな」

智己《ともき》はさらに私《わたし》を打《う》ちのめすようなことを言《い》う。

「だよね、智己《ともき》くん」

萌《もえ》はうれしそうに、智己《ともき》のそばに走《はし》っていきながら、得意《とくい》げに言葉《ことば》をつづけた。

「こんな、女《おんな》の子《こ》としてなーんの努力《どりょく》もしてない子《こ》なんてぇ……」

「何言《なにい》ってんの？」

智己《ともき》は萌《もえ》の言葉《ことば》をさえぎって言《い》った。

「え？」

「教室《きょうしつ》で寝《ね》るぐらい朝練《あされん》がんばって、髪型《かみがた》とか見《み》た目《め》も気《き》にしてられないぐらいにソフトボールに打《う》ちこんでる」

え？

「未知《みち》のどこが努力《どりょく》してないなんて言《い》えるの？」

智己《ともき》の言葉《ことば》を聞《き》いて、私《わたし》は顔《かお》をあげた。

「でもぉ……」

萌《もえ》は何《なに》も言《い》いかえせずにいる。

「部活《ぶかつ》の練習《れんしゅう》でがんばってるヤツをバカにするのって、俺《おれ》のことバカにしてんのとおんなじだから」

智己《ともき》は萌《もえ》に、きっぱりと告《つ》げた。

智己《ともき》……。

私《わたし》が努力《どりょく》しているの、わかってくれてたの？

私《わたし》のこと、見《み》ててくれてたの？

私《わたし》はそれだけで、胸《むね》がいっぱいになる。

そして……胸《むね》がきゅんとしめつけられるような、痛《いた》みを感《かん》じる。

これって……。

私《わたし》は自分《じぶん》の気持《きも》ちにとまどっていた。

「それに、こうやって練習中《れんしゅうちゅう》のグラウンドに入《はい》ってきて、ジャマするのもよくないと思《おも》うよ。俺《おれ》たち、部活《ぶかつ》やってるヤツはみんな真剣《しんけん》に練習《れんしゅう》してるんだからさ」

智己《ともき》がかなり厳《きび》しい口調《くちょう》で言《い》うと、萌《もえ》はみるみるうちに顔《かお》をまっ赤《か》にして、両手《りょうて》で持《も》っているボールをギュッと握《にぎ》りしめた。

そしてそのボールを思《おも》いきり地面《じめん》に投《な》げつけると、くやしそうな表情《ひょうじょう》を浮《う》かべながら走《はし》りさっていった。


「大丈夫《だいじょうぶ》か？」

智己《ともき》が私《わたし》に近《ちか》づいてきた。

「うん、ありがとう」

「おう。あ、俺《おれ》、これから練習《れんしゅう》だから」

「私《わたし》もだってば」

私《わたし》たちは笑《わら》いあう。

「がんばれよ」

「智己《ともき》もがんばって！」

「……おう」

智己《ともき》は野球部《やきゅうぶ》のグラウンドの方《ほう》にもどっていく。

私《わたし》はその後《うし》ろ姿《すがた》をしばらく見《み》つめていた。

いいな、智己《ともき》がユニフォームで走《はし》っている姿《すがた》。

どんな智己《ともき》も好《す》きだけど、やっぱり野球《やきゅう》をしているときが一番《いちばん》いい。

とってもイキイキしていて、輝《かがや》いて見《み》える。

練習中《れんしゅうちゅう》は必死《ひっし》でボールの行方《ゆくえ》を追《お》っている私《わたし》だけど、自然《しぜん》と目《め》で追《お》ってるのは、いつも智己《ともき》の姿《すがた》かも。

智己《ともき》は私《わたし》に勇気《ゆうき》と自信《じしん》をくれるし……何《なに》より、こんな私《わたし》を、女《おんな》の子《こ》らしい気持《きも》ちにさせてくれる。

私《わたし》、智己《ともき》のことが好《す》きなんだ。

自分《じぶん》の気持《きも》ちをあらためて確認《かくにん》していると……。

「おい！」

智己《ともき》が急《きゅう》に振《ふ》りかえった。

「な……何《なに》？」

見《み》つめていた私《わたし》は恥《は》ずかしくなった。

でも智己《ともき》はそんなことにはかまわずに、ユニフォームのズボンの後《うし》ろポケットをごそごそやりはじめる。

そして、野球《やきゅう》のボールをとりだして、投《な》げてきた。

「うわっ！」

どうにかキャッチしたけれど、野球《やきゅう》のボールってやっぱり小《ちい》さいな。

「なんだよ、いきなり？」

照《て》れかくしもあって、わざと乱暴《らんぼう》な口調《くちょう》でたずねた。

「ボール、見《み》てみろよ」

言《い》われて、グローブの中《なか》のボールをとりだしてみた。

そこには……。

私《わたし》はおどろいて、智己《ともき》の顔《かお》を見《み》た。

「俺《おれ》、今《いま》までずっと、おまえのこと目《め》で追《お》いかけてた。これからは友《とも》だちとしてじゃなく、彼女《かのじょ》として俺《おれ》の気持《きも》ちを受《う》けとめてください！」

智己《ともき》は見《み》たこともないような、ガチガチに緊張《きんちょう》した表情《ひょうじょう》で、それでいてまっすぐに私《わたし》を見《み》つめながら、言《い》ってくれた。

そんな智己《ともき》の気持《きも》ちがうれしくて、私《わたし》は笑顔《えがお》になった。

ちょっと恥《は》ずかしいけれど、私《わたし》も気持《きも》ちを伝《つた》えなくちゃ。

私《わたし》は、グローブを持《も》った手《て》を高々《たかだか》とあげた。

そしてうつむきながらも、がんばって口《くち》を開《ひら》いた。

「見《み》ればわかるでしょ？」

「え？」

智己《ともき》は不安《ふあん》そうに私《わたし》を見《み》ている。

「智己《ともき》の気《き》持《も》ち、もう受《う》けとめてるよ！」

そう、グローブの中《なか》のボールには『好《す》きだ』と、書《か》いてある。

しっかり受《う》けとめたし、それに……私《わたし》も同《おな》じ気《き》持《も》ち！

私《わたし》の言葉《ことば》を聞《き》いた智己《ともき》は、安心《あんしん》したような、力《ちから》が抜《ぬ》けたような表情《ひょうじょう》になって……それから、顔《かお》いっぱいに笑《え》みを浮《う》かべた。

夕暮《ゆうぐ》れが迫《せま》るグラウンドの片隅《かたすみ》で、私《わたし》たちはそのまま見《み》つめあった。

「あ！　ちょっと待《ま》って。すぐ来《く》るから！」

私《わたし》は急《いそ》いで、自分《じぶん》のエナメルバッグが置《お》いてあるベンチまでもどった。

まずは智己《ともき》にもらったボールをしまって……。

「行《い》くよー！」

そして、バッグの中《なか》からとりだした別《べつ》のボールを智己《ともき》に向《む》かって投《な》げた。

「お？」

智己《ともき》はさっとグローブをかまえる。

ボールが智己《ともき》のグローブにパシッと音《おと》を立《た》てておさまった。

「ナイスキャッチ！」

私《わたし》は声《こえ》をあげた。

「これ……」

智己《ともき》はキャッチしたボールと私《わたし》の顔《かお》を見比《みくら》べている。

「智己《ともき》が持《も》ってて！」

それは、私《わたし》の宝物《たからもの》のホームランボール。

「え、いいのか？　だってこれ、おまえの大切《たいせつ》な……」

「智己《ともき》にもらったボールと交換《こうかん》！」

私《わたし》は笑《わら》いながら、近《ちか》づいていった。

「わかった、未知《みち》の気持《きも》ちは、俺《おれ》がしっかりキャッチしたぞ」

智己《ともき》はグローブを高々《たかだか》とかかげて、言《い》ってくれた。

高校
初ホームラン！
好きだ!!

「ばーか」

なんて、照《て》れかくしに憎《にく》まれ口《ぐち》をきいてみたりして。

「よし、練習《れんしゅう》、がんばるぞ」

「うん！」

笑顔《えがお》でうなずきあって、私《わたし》たちは並《なら》んで走《はし》りだした。

目《め》の前《まえ》には、私《わたし》たちのこれからを祝福《しゅくふく》するような、きれいなオレンジ色《いろ》の夕焼《ゆうや》けが広《ひろ》がっていた。

4

恋《こい》のトリック・オア・トリート

十月《じゅうがつ》も半《なか》ばを過《す》ぎて、だんだんと秋《あき》の気配《けはい》が色濃《いろこ》くなってきた。

空《そら》はどこまでも青《あお》く、高《たか》く、おだやかに晴《は》れあがっている。

そんな秋晴《あきば》れの空《そら》の下《した》、高校《こうこう》二年生《ねんせい》の私《わたし》、菊池麗子《きくちれいこ》は、校門《こうもん》をくぐった。

この季節《きせつ》、学校中《がっこうじゅう》のみんなが、どこか、わくわく、そわそわと、浮《う》きたっている。

それは……来週《らいしゅう》、校内《こうない》で毎年恒例《まいとしこうれい》のハロウィンパーティが開《ひら》かれるから。

うちの学校《がっこう》では、その日《ひ》の放課後《ほうかご》はみんなで仮装《かそう》をして、お菓子《かし》を交換《こうかん》することができるのだ。


「おはよう、麗子《れいこ》ちゃん！」

タッタッタ、と、後《うし》ろから足音《あしおと》が近《ちか》づいてきたかと思《おも》うと、クラスメイトの武田淳子《たけだじゅんこ》ちゃんが声《こえ》をかけてきた。

「ああ、おはよう、淳子《じゅんこ》ちゃん」

私《わたし》たちは並《なら》んで歩《ある》きだす。

淳子《じゅんこ》ちゃんはかわいくて、はきはきしていて、クラスでも目立《めだ》つ存在《そんざい》の女《おんな》の子《こ》。

私《わたし》と淳子《じゅんこ》ちゃんとは、同《おな》じ仲《なか》よしグループじゃない。

でも最近《さいきん》、すごく淳子《じゅんこ》ちゃんの方《ほう》から声《こえ》をかけてきてくれる。

最初《さいしょ》は不思議《ふしぎ》だったけど、仲《なか》のいい友《とも》だちがふえることはいいことだし、うれしいな、と思《おも》ってる。

「ねぇねぇ、ハロウィンのコスプレ、もう決《き》めた？」

淳子《じゅんこ》ちゃんが聞《き》いてきたのは、やっぱりハロウィンの衣装《いしょう》のこと。

この時期《じき》はみんな、どんな仮装《かそう》をするかで頭《あたま》がいっぱいだもんね。

とくに女子《じょし》は気合《きあい》たっぷり。

いつも衣装《いしょう》はどうしようかなって考《かんが》えている。

量販店《りょうはんてん》に行《い》って買《か》ったり、ネットで注文《ちゅうもん》したり、手先《てさき》が器用《きよう》な子《こ》は、自分《じぶん》で作《つく》ったりする。

「んー、まだ決《き》めてない」

私《わたし》は苦笑《にがわら》いを浮《う》かべた。

もちろんいろいろ考《かんが》えてはいるけれど……。

魔女《まじょ》やおばけの格好《かっこう》の子《こ》はたくさんいるし、かといってあんまり派手《はで》な格好《かっこう》もなあ……と、いまひとつ、ピンときていない。

去年《きょねん》は仲《なか》よしの友《とも》だちと無難《ぶなん》にカボチャのお面《めん》つけて、あとは100均《きん》グッズで小道具《こどうぐ》そろえただけだったし。

「ね、おそろいのドレス着《き》ない？　シンデレラみたいなやつ」

淳子《じゅんこ》ちゃんは目《め》をキラキラさせながら、上目《うわめ》づかいで私《わたし》を見《み》た。

近《ちか》くで見《み》ると、淳子《じゅんこ》ちゃんって本当《ほんとう》に大《おお》きくてまん丸《まる》い目《め》をしてるな。

しかも、カラコンつけてるみたいに黒目《くろめ》が大《おお》きくて、まつ毛《げ》も長《なが》い！

淳子《じゅんこ》ちゃんは白《しろ》くてふわふわした綿菓子《わたがし》みたいな女《おんな》の子《こ》。

こんなふうに甘《あま》えるように見《み》あげられたら、男《おとこ》の子《こ》だったらドキドキしちゃうだろうなあ、なんて、思《おも》ったりして。

それにしても……。

シンデレラみたいなドレスを淳子《じゅんこ》ちゃんとおそろいで着《き》るなんてとんでもない！

「おそろいのドレスっていっても、私《わたし》と淳子《じゅんこ》ちゃんじゃ身長《しんちょう》もずいぶんちがうし……」

「麗子《れいこ》ちゃんはスタイルいいからきっとステキだよー」

淳子《じゅんこ》ちゃんはそう言《い》ってくれたけど、私《わたし》の場合《ばあい》スタイルがいいっていうか、単《たん》に背《せ》が高《たか》いだけだし、ドレスはキャラじゃない。

もちろん、思《おも》いきって変装《へんそう》してみたい！

そんな願望《がんぼう》は持《も》っているけれど……。

そのうえ、シンデレラなんて……。

綿菓子《わたがし》みたいな淳子《じゅんこ》ちゃんとちがって、私《わたし》はサクサクした細長《ほそなが》いお菓子《かし》みたいなイメージだもん。

それなのに、かわいいキャラの淳子《じゅんこ》ちゃんとおそろいのドレスを着《き》るなんて、とんでもない！

「うーん、とりあえず今《いま》はドレスは考《かんが》えられないかな……」

せっかく誘《さそ》ってくれたのに申《もう》しわけないけれど、やんわりとお断《ことわ》りした。

「そっか、わかった」

「ごめんね」

「あ、あとさ、お菓子《かし》どうする？　買《か》う？」

「ううん。一応《いちおう》クッキーとか、作《つく》ろうかなーって」

ブレザーのポケットからスマホをとりだして、ハロウィン用《よう》お菓子《かし》作《づく》りのページを表示《ひょうじ》させてみる。

「見《み》せて見《み》せて！」

淳子《じゅんこ》ちゃんがのぞきこんできた。

「ほら、このサイト、簡単《かんたん》そうなのがいっぱい紹介《しょうかい》されてるの」

「かわいい！」

「でしょ？」

「え、何《なに》？　麗子《れいこ》ちゃんってお菓子作《かしづく》り得意《とくい》なの？」

「ときどきクッキーとかカップケーキなら作《つく》るよ」

「そうなの？　意外《いがい》ー！」

「あはは、そうだよね。うちさ、お母《かあ》さんがお菓子作《かしづく》りが趣味《しゅみ》で、私《わたし》も小《ちい》さい頃《ころ》はよくいっしょに作《つく》ってたの。小学校《しょうがっこう》のときは、友《とも》だちのお誕生日《たんじょうび》に手作《てづく》りクッキーあげたりとかしてたよ」

「へえー。じゃあさ、私《わたし》にも教《おし》えてよ」

淳子《じゅんこ》ちゃんは私《わたし》の顔《かお》をのぞきこむようにして「ね？」と首《くび》をかしげる。

そういう仕草《しぐさ》もいちいちかわいい。

「うん、いいよ」

淳子《じゅんこ》ちゃんと話《はな》しながら昇降口《しょうこうぐち》に入《はい》っていって、うわばきに履《は》きかえた。

そして教室《きょうしつ》に向《む》かって歩《ある》きだそうとすると……。

「へーえ、菊池《きくち》はクッキー作《つく》るんだ？」

突然《とつぜん》、後《うし》ろからガシッと肩《かた》を組《く》まれた。

ぜーんぜん甘《あま》い感《かん》じじゃなくて、これはほぼ、タックル。

ぶつかるようにして肩《かた》を組《く》んできたのは……同《おな》じクラスの本郷亘《ほんごうわたる》くん。

背《せ》の高《たか》い亘《わたる》くんが、私《わたし》と淳子《じゅんこ》ちゃんの真《ま》ん中《なか》にわりこんできた。

「もう、ちょっと、亘《わたる》くんたらぁ！」

淳子《じゅんこ》ちゃんが声《こえ》をあげると、亘《わたる》くんはへへへ、とイタズラっぽく笑《わら》って、手《て》をはなした。

あー、びっくりした。

それにちょっと、ドキドキした。

私《わたし》は、動揺《どうよう》した気持《きも》ちを立《た》てなおした。

亘《わたる》くんとは小学校《しょうがっこう》のときからの同級生《どうきゅうせい》。

昔《むかし》から明《あか》るくて、いつもみんなの中心《ちゅうしん》にいる。

男子《だんし》にも女子《じょし》にもわけへだてなく接《せっ》するところも、小学校《しょうがっこう》の頃《ころ》から変《か》わってないんだけど……

一《ひと》つ変《か》わったことがあるのに、本人《ほんにん》は気《き》づいてない。

それは……。

中学《ちゅうがく》の終《お》わりぐらいから、亘《わたる》くんはどんどん背《せ》が伸《の》びた。

私《わたし》と亘《わたる》くんは小学校《しょうがっこう》の頃《ころ》からいつも同《おな》じぐらいの背《せ》の高《たか》さだったのに、あっというまに差《さ》をつけられた。

もともとかわいかった顔《かお》もどんどん男《おとこ》らしくなって、かなりイケメンに。

去年《きょねん》の文化祭《ぶんかさい》では、クラスで作《つく》った映画《えいが》の主人公《しゅじんこう》を演《えん》じて、校内《こうない》の知名度《ちめいど》もアップ！

学校中《がっこうじゅう》の女《おんな》の子《こ》たちからすごく人気《にんき》があるんだけど……本人《ほんにん》は自分《じぶん》がモテてる自覚《じかく》がないから、昔《むかし》と同《おな》じように、私《わたし》に肩組《かたく》んできたりしちゃうんだよね。

友《とも》だちになって今年《ことし》でぴったり十年《じゅうねん》。

でも、最近《さいきん》は、こんなふうに急《きゅう》に肩《かた》を組《く》まれたり、顔《かお》を近《ちか》づけられたりするとドキドキしてしまう。

亘《わたる》くんはそのあたり、わかってるのかなあ？

「ねぇ、菊池《きくち》、それ俺《おれ》にも作《つく》ってよ」

亘《わたる》くんは、私《わたし》に言《い》った。

「……え？」

一瞬《いっしゅん》、亘《わたる》くんと見《み》つめあう。

私《わたし》の心臓《しんぞう》はかなり高鳴《たかな》っているけれど、亘《わたる》くんはいつも通《どお》りの、太陽《たいよう》みたいな明《あか》るい笑《え》みを浮《う》かべている。

「もし作《つく》ってくれなかったら……トリック・オア・トリート！　お菓子《かし》くれなかったらイタズラしちゃうぞ～！」

亘《わたる》くんはおどけてオバケのような手《て》つきをすると、私《わたし》の髪《かみ》をぐしゃぐしゃにした。

「うわあ、もうっ！」

声《こえ》をあげると、亘《わたる》くんは走《はし》って逃《に》げていった。

乱《みだ》れてしまった髪《かみ》を整《ととの》えながら、私《わたし》は振《ふ》りかえって笑《わら》っている亘《わたる》くんをにらみつけた。

でも……。

口元《くちもと》がついついゆるんでしまう。

ハッと気《き》づくと、淳子《じゅんこ》ちゃんが腕組《うでぐ》みをしてそんな私《わたし》を見《み》ていた。

でもすぐに目《め》をそらすと、先《さき》に昇降口《しょうこうぐち》に向《む》かって歩《ある》いていった。

ハロウィンの日《ひ》まであと数日《すうじつ》に迫《せま》った放課後《ほうかご》、私《わたし》は校舎《こうしゃ》の外階段《そとかいだん》に座《すわ》って、スマホのサイトを見《み》ていた。

亘《わたる》くんからリクエストされたし、やっぱりクッキー作《つく》ろう！

さて、どれを作《つく》ろうかなあ。

画面《がめん》をスワイプしながら、やっぱりこれがいいかなあ、と、手《て》を止《と》めた。

『おばけちゃんのカボチャクッキー』を、クリックしてみる。

カボチャ生地《きじ》のクッキーの上《うえ》にマシュマロで作《つく》ったおばけがのっている。

「これ、かわいいなあ……」

一人《ひとり》、つぶやいたとき、

「よう！」

声《こえ》をかけられて顔《かお》をあげると、階段《かいだん》の下《した》に亘《わたる》くんが立《た》っていた。

「亘《わたる》くん！」

「何《なに》してんの？」

亘《わたる》くんは階段《かいだん》をあがってきて、隣《となり》に腰《こし》をおろした。

「お菓子《かし》のレシピ見《み》てたんだー」

ほらこれ、と、スマホの画面《がめん》を見《み》せた。

「へえー、めっちゃうまそう！　てか、こんなこったやつ作《つく》れるんだ？」

スマホをのぞきこんできた亘《わたる》くんの長《なが》めの前髪《まえがみ》が私《わたし》の顔《かお》にふれそうになって、一瞬《いっしゅん》、ハッとした。

「う……うん。マシュマロを使《つか》って作《つく》るんだよ」

ドキドキを隠《かく》しながら、答《こた》える。

「いいじゃん！」

亘《わたる》くんが笑《わら》いかけてきた。

ホント、いつも元気《げんき》で明《あか》るいなあ。

そんな亘《わたる》くんを見《み》ていると、いつもちょっと胸《むね》がギュッとしめつけられるような、そわそわするような、でも自然《しぜん》とこっちも微笑《ほほえ》んでしまうような……不思議《ふしぎ》な感覚《かんかく》になる。

小学生《しょうがくせい》の頃《ころ》だったら、こういうとき、私《わたし》もいっしょになって無邪気《むじゃき》に騒《さわ》いでたのになあ。

「そういえばさ」

「うん」

「ハロウィンパーティ、菊池《きくち》はなんのコスプレすんの？」

「んー、まだ迷《まよ》ってて。でもこの前《まえ》、淳子《じゅんこ》ちゃんがドレス着《き》たらって」

「え、見《み》たい！」

亘《わたる》くんが目《め》を輝《かがや》かせた。

「えー、恥《は》ずかしいよ」

「いいじゃんドレス、せっかくパーティなんだから」

「うーん。キャラじゃないっていうか……」

「そんなことないよ。絶対似《ぜったいに》あうって！」

「亘《わたる》くんは？　何《なに》にするか決《き》めてるの？」

「俺《おれ》？　ひみつ！」

亘《わたる》くんはいつものように明《あか》るい口調《くちょう》で言《い》うと、

「でもさ。コスプレって楽《たの》しくない？　いつもの自分《じぶん》とはちがう自分《じぶん》に変身《へんしん》できるっていうか」

ちょっと真面目《まじめ》な顔《かお》つきになった。

その大人《おとな》びた横顔《よこがお》に、私《わたし》はまたドキリとしてしまう。

でも、すぐに亘《わたる》くんはいつもの笑顔《えがお》にもどった。

「菊池《きくち》のドレス姿《すがた》、楽《たの》しみにしてるね！」

亘《わたる》くんは私《わたし》の背中《せなか》をポン、と叩《たた》くと、じゃあな、と立《た》ちあがって階段《かいだん》を駆《か》けおりた。

「あ、うん。じゃあね」

声《こえ》をかけると、亘《わたる》くんは振《ふ》りかえって手《て》をふり、帰《かえ》っていった。

私《わたし》はその背中《せなか》を笑顔《えがお》で見送《みおく》っていた。

「……いつもの自分《じぶん》とはちがう自分《じぶん》か」

私《わたし》は一人《ひとり》、つぶやいた。


幼稚園生《ようちえんせい》の頃《ころ》、お母《かあ》さんにシンデレラの物語《ものがたり》を読《よ》んでもらってから、私《わたし》はシンデレラにひそかに憧《あこが》れていた。

小学校《しょうがっこう》一年生《ねんせい》のお楽《たの》しみ会《かい》のときに、グループの女《おんな》の子《こ》がシンデレラの劇《げき》をやろうと言《い》ったときは、ものすごくはりきった。

でも……。

シンデレラ役《やく》を演《えん》じたのは、私《わたし》じゃなくて小柄《こがら》でかわいらしい女《おんな》の子《こ》だった。

小《ちい》さいときから、みんなよりも少《すこ》し成長《せいちょう》がはやくて背《せ》が高《たか》かったうえに、その頃《ころ》はショートカットだった私《わたし》は王子《おうじ》さま役《やく》。

ああ、自分《じぶん》はお姫《ひめ》さま役《やく》に選《えら》ばれる女《おんな》の子《こ》じゃないんだなって、そのときに自覚《じかく》した。

そんな私《わたし》だけど、いつもの自分《じぶん》とはちがう自分《じぶん》になれるのかなあ……。


「ねえ、麗子《れいこ》ちゃん」

突然《とつぜん》、後《うし》ろから声《こえ》をかけられて、心臓《しんぞう》が跳《は》ねあがった。

「……淳子《じゅんこ》ちゃん」

淳子《じゅんこ》ちゃんが少《すこ》し上《うえ》の段《だん》の踊《おど》り場《ば》のところに立《た》っていた。

夕陽《ゆうひ》を背中《せなか》に受《う》けているせいで顔《かお》に影《かげ》ができていて、どんな表情《ひょうじょう》をしているのかがわからない。

今《いま》のひとりごと、聞《き》かれてなかったよね。

もし聞《き》かれてたら、恥《は》ずかしいな……。

ちょっと気《き》まずい思《おも》いでいると、淳子《じゅんこ》ちゃんがゆっくりと階段《かいだん》をおりてきた。

「この前《まえ》さ、お菓子作《かしづく》り、教《おし》えてくれるって言《い》ったよね？」

私《わたし》の横《よこ》を通《とお》りすぎるときに、ささやくように言《い》う。

「……あ、うん」

「ハロウィン、クッキー作《つく》るんでしょ？　私《わたし》も麗子《れいこ》ちゃんち行《い》っていっしょに作《つく》りたいな。いいよね？」

淳子《じゅんこ》ちゃんは階段《かいだん》のちょっと下《した》から私《わたし》を見《み》あげた。

くちびるの両端《りょうはし》をきゅっとあげた、いつもと同《おな》じかわいい笑《え》みを浮《う》かべている。

よかった、聞《き》こえてなかったんだ……。

ホッとして、小《ちい》さく息《いき》をついた。

「私《わたし》でよかったら、いいよ。淳子《じゅんこ》ちゃんはどんなの作《つく》りたいの？」

「んー、簡単《かんたん》にできるのがいいかな？　考《かんが》えておく」

「わかった」

「じゃあ、前日《ぜんじつ》、行《い》ってもいいよね？」

「もちろん」

私《わたし》がうなずくと、淳子《じゅんこ》ちゃんは「じゃあ」と、すたすた歩《ある》いていってしまった。

その場《ば》に一人残《ひとりのこ》されて、一瞬《いっしゅん》ぽかんとしてしまったけれど……友《とも》だちが自分《じぶん》を頼《たよ》ってくれたことが、うれしかった。


「ええと、薄力粉《はくりきこ》と、カボチャパウダーと……」

いよいよ明日《あした》はハロウィンパーティ。

私《わたし》はスマホでレシピを見《み》ながら、リビングのテーブルの上《うえ》でクッキーの生地《きじ》を練《ね》っていた。

「淳子《じゅんこ》ちゃん、クッキーの生地《きじ》できたよ」

ソファに座《すわ》っている淳子《じゅんこ》ちゃんに声《こえ》をかけた。

淳子《じゅんこ》ちゃんは学校帰《がっこうがえ》りにそのままうちに来《き》た。

かわいい花柄《はながら》のエプロンをつけてはりきっていたのに、さっきからずっとソファでスマホをいじっている。

「うん……私《わたし》、なんかめんどうくさくなってきちゃったから、やっぱりお菓子《かし》買《か》うことにする。ね、麗子《れいこ》ちゃんの部屋《へや》見《み》せて」

淳子《じゅんこ》ちゃんはスッと立《た》ちあがった。

そして、リビングのすぐ隣《となり》にある私《わたし》の部屋《へや》のドアを、迷《まよ》いなく開《あ》けようとしている。

「え、え、え……ちょっと待《ま》って」

生地《きじ》をのばそうとしていた私《わたし》は、急《いそ》いで手《て》を拭《ふ》いて、生地《きじ》をラップでくるんだ。

私《わたし》が手間《てま》どっているうちに、淳子《じゅんこ》ちゃんは勝手《かって》に私《わたし》の部屋《へや》に入《はい》っていったかと思《おも》うと、すぐに出《で》てきた。

「……コスプレ、結局《けっきょく》ドレスにしたんだ？」

私《わたし》が明日《あした》のために用意《ようい》して、ハンガーにかけておいた、シンデレラ風《ふう》の水色《みずいろ》のドレスを手《て》にしている。

「あ……うん。いつもとちがう自分《じぶん》に変身《へんしん》できるのかなあって思《おも》って。思《おも》いきってドレスにしちゃった」

ほんとうは当日《とうじつ》まで誰《だれ》にも内緒《ないしょ》にしておきたかったんだけどな。

それに、淳子《じゅんこ》ちゃんに誘《さそ》われたときにドレスは着《き》ない、って言《い》ったのに、結局《けっきょく》ドレスを選《えら》んだことが、ちょっと……照《て》れくさかった。

バツが悪《わる》い思《おも》いもあって、肩《かた》をすくめていると、淳子《じゅんこ》ちゃんは真顔《まがお》になった。

そして、黙《だま》って私《わたし》の顔《かお》をじっと見《み》ている。

ほんの少《すこ》しの時間《じかん》だったのかもしれないけれど、私《わたし》には、その無言《むごん》の時間《じかん》がずいぶん長《なが》く感《かん》じられた。

「……ふうん。そうなんだ」

淳子《じゅんこ》ちゃんは私《わたし》に背《せ》を向《む》けると、ドレスをソファの背《せ》もたれにかけた。

「さ、もう時間《じかん》ないよ！　クッキー作《つく》ろう？」

「私《わたし》、お菓子《かし》は買《か》うって言《い》ったよね？」

淳子《じゅんこ》ちゃんは感情《かんじょう》のこもらない声《こえ》で言《い》った。

「あ……そう……だったね。そうだ、淳子《じゅんこ》ちゃんは、コスプレ何《なに》にするの？」

私《わたし》は笑顔《えがお》を作《つく》ってたずねた。

「ねえ、私《わたし》、ずっと前《まえ》から思《おも》ってたんだけど……麗子《れいこ》ちゃんってもしかして亘《わたる》くんのこと好《す》き？」

淳子《じゅんこ》ちゃんは私《わたし》の顔《かお》をじっと見《み》つめている。

「え？　な、なんで？」

笑《わら》ってごまかして、クッキー作《づく》りを再開《さいかい》しようとしている私《わたし》から、淳子《じゅんこ》ちゃんは目《め》をそらさない。

「あ……ちがう、よ？」

私《わたし》は沈黙《ちんもく》に耐《た》えられずに、言《い》った。

亘《わたる》くんのことは、高校生《こうこうせい》になってから、たしかに気《き》になってる。

話《はな》しかけられるとうれしいし、いっしょにいるとずっと笑顔《えがお》でいられる。

触《ふ》れられるとドキッとするし、気《き》がつくと目《め》で追《お》っていることもある。

それが好《す》き、っていうことなのかな。

きっとそう……だよね。

でも、まだ恋《こい》をしたことのない私《わたし》は、自信《じしん》を持《も》って亘《わたる》くんを好《す》きだって言《い》うことができなかった。

そんな自分《じぶん》が、ちょっと情《なさ》けない。

「ちがうんだ？　なーんだ、よかった！」

淳子《じゅんこ》ちゃんはいつもの笑顔《えがお》になり、テーブルに近《ちか》づいてきた。

「麗子《れいこ》ちゃんと好《す》きな人《ひと》がかぶってたらどうしようって思《おも》った！」

「……え？」

「私《わたし》は亘《わたる》くんが好《す》き」

淳子《じゅんこ》ちゃんは、自信満々《じしんまんまん》な表情《ひょうじょう》で言《い》う。

きっぱりとそう言《い》える淳子《じゅんこ》ちゃんに、私《わたし》は何《なに》も言《い》えずに、ただぼんやりと立《た》っていた。

「麗子《れいこ》ちゃんが亘《わたる》くんのこと好《す》きじゃないなら、私《わたし》、アタックしていいよね？　応援《おうえん》もしてくれるよね？」

「あ、えっと、それは……」

「じゃあ私《わたし》、帰《かえ》るね。お菓子《かし》買《か》わなきゃいけないから」

淳子《じゅんこ》ちゃんはエプロンをはずして、ソファの上《うえ》に置《お》いてあったカバンを手《て》にとった。

「淳子《じゅんこ》ちゃ……」

バタン。

いきおいよく、リビングのドアが閉《し》まった。

淳子《じゅんこ》ちゃんが亘《わたる》くんを好《す》きだってことは、なんとなくわかってた。

淳子《じゅんこ》ちゃん、積極的《せっきょくてき》だし、亘《わたる》くんとも仲《なか》いいし……。

でも、はっきりと宣言《せんげん》されてしまい、頭《あたま》が混乱《こんらん》していた。

淳子《じゅんこ》ちゃん、アタックするって言《い》ってた……。

私《わたし》が自分《じぶん》の気持《きも》ちを正直《しょうじき》に言《い》わなかったせいで、応援《おうえん》してくれるよね、なんて言《い》われちゃったし……。

私《わたし》は一《ひと》つ、大《おお》きなため息《いき》をついた。

心《こころ》はずっしりと重《おも》かったけれど、気《き》をとりなおしてクッキー作《づく》りを再開《さいかい》させた。

焼《や》きあがったクッキーが熱《あつ》いうちにマシュマロを置《お》くと、いい感《かん》じにくっついた。

冷《さ》ましてから、チョコペンで顔《かお》やメッセージを描《か》いて、できあがり。

「よし、完成《かんせい》」

次《つぎ》はラッピング。

透明《とうめい》の袋《ふくろ》に入《い》れて、リボンをかけると、すごくかわいい。

「うん、いいじゃん！」

気持《きも》ちをアゲるために口《くち》にしてみたけれど……。

ちっとも、前向《まえむ》きな気持《きも》ちにはなれなかった。


心《こころ》がもやもやしたままハロウィン当日《とうじつ》を迎《むか》えた。

六時間目《じかんめ》の授業《じゅぎょう》が終《お》わって、いよいよこれからパーティ。

女子《じょし》たちはコスプレ衣装《いしょう》に着《き》がえるために更衣室《こういしつ》に向《む》かった。

「ねえ、リボンちゃんとついてる？　曲《ま》がってない？」

「ねえねえ、後《うし》ろのファスナーあげてー」

更衣室内《こういしつない》で、みんなははしゃいだ声《こえ》をあげながら、思《おも》い思《おも》いの衣装《いしょう》に着《き》がえはじめる。

私《わたし》も、自分《じぶん》のバッグが置《お》いてある棚《たな》に向《む》かった。

今日《きょう》は、登校《とうこう》して、更衣室《こういしつ》に荷物《にもつ》を置《お》いてから授業《じゅぎょう》を受《う》けていた。

バッグを開《ひら》いた瞬間《しゅんかん》、私《わたし》は言葉《ことば》を失《うしな》った。

「え、なんで……」

「どうしたの？」

声《こえ》をかけてきたのは、淳子《じゅんこ》ちゃんだ。

「バッグの中《なか》に衣装《いしょう》がなくて……。作《つく》ったクッキーも……」

「えっ？　家《いえ》に忘《わす》れてきたんじゃないの？」

「ううん。そんなことない」

だって今朝《けさ》、登校《とうこう》したときは、バッグの中《なか》はずっしり重《おも》かった。

クッキーがつぶれていないかどうか、一度中《いちどなか》をあけてちゃんと確認《かくにん》もして、それから棚《たな》にしまったのに……。

「教室探《きょうしつさが》してくる！」

私《わたし》は更衣室《こういしつ》を飛《と》びだした。

「トリック・オア・トリート！」

校舎内《こうしゃない》のあちこちで声《こえ》があがっている中《なか》、私《わたし》はハロウィン仕様《しよう》に飾《かざ》りつけられている教室《きょうしつ》にもどってきた。

着《き》がえを終《お》えてもどってきたクラスメイトたちが、並《なら》べた机《つくえ》にハロウィン柄《がら》のテーブルクロスを敷《し》いて、その上《うえ》にジュースやお菓子《かし》を並《なら》べていた。

「ない……ない……」

私《わたし》は、ロッカーの上《うえ》に並《なら》べてあるみんなのカバンの間《あいだ》を探《さが》していた。

朝《あさ》ちゃんと更衣室《こういしつ》に置《お》いたはずだから、ここにあるわけはない。

でも、更衣室《こういしつ》と教室《きょうしつ》以外《いがい》に荷物《にもつ》を置《お》く可能性《かのうせい》はないし、もしかしたら……。

「菊池《きくち》、どうしたの？」

声《こえ》をかけられて振《ふ》りかえると、ドラキュラのコスプレをした亘《わたる》くんがいた。

黒《くろ》いマントに黒《くろ》い帽子《ぼうし》がとても似《に》あっている。

でも、今《いま》は焦《あせ》りすぎてときめく余裕《よゆう》もない。

だんだんとイヤな汗《あせ》がにじんでくる。

「わあ、シンデレラみたい！」

そこに、教室《きょうしつ》にいた女子《じょし》たちの声《こえ》があがった。

シンデレラ？

私《わたし》も反射的《はんしゃてき》に顔《かお》をあげた。

教室《きょうしつ》のドアのところに、私《わたし》が用意《ようい》した水色《みずいろ》のドレスを着《き》て、ティアラをつけた淳子《じゅんこ》ちゃんが、はにかみながら立《た》っていた。

「すげー！」

「かわいい！」

教室内《きょうしつない》の視線《しせん》は、淳子《じゅんこ》ちゃんに集《あつ》まっている。

私《わたし》が試着《しちゃく》をしたときは、ひざ丈《たけ》だったドレス。淳子《じゅんこ》ちゃんが着《き》ると、足首《あしくび》のところまで隠《かく》れて本当《ほんとう》のお姫《ひめ》さまみたい。だけど、そのドレス……。

「……淳子《じゅんこ》ちゃん？」

信《しん》じられない思《おも》いでいる私《わたし》の方《ほう》に、淳子《じゅんこ》ちゃんが歩《ある》いてくる。

そして、亘《わたる》くんの前《まえ》で足《あし》を止《と》めた。

「トリック・オア・トリート！　お菓子《かし》をくれないとイタズラするぞ！」

亘《わたる》くんは、ふざけてガオーッと両手《りょうて》をあげた。

「ふふ」

淳子《じゅんこ》ちゃんは思《おも》わせぶりに笑《わら》った。

そして、両手《りょうて》に抱《かか》えていたカゴを、亘《わたる》くんに見《み》せている。

「これ、作《つく》ってきたの」

「え、自分《じぶん》で作《つく》ったの？」

「そうだよ。せっかくのハロウィンだし、がんばっちゃった。亘《わたる》くん手作《てづく》りクッキー欲《ほ》しがってたし」

え、それ、私《わたし》が作《つく》ったクッキーなのに……。

私《わたし》は耳《みみ》を疑《うたが》った。

「へえ、覚《おぼ》えててくれたんだ」

亘《わたる》くんは微笑《ほほえ》んだ。

笑《わら》うとちょっと目《め》じりがさがって、すごくやさしい顔《かお》になる。

大好《だいす》きなその笑顔《えがお》、ホントは、私《わたし》に向《む》けられるはずだったのに……。

「はい、どうぞ。愛情《あいじょう》こめて作《つく》ったから食《た》べて」

淳子《じゅんこ》ちゃんはカゴの中《なか》からクッキーを出《だ》して、亘《わたる》くんにわたした。

「ありがと……う」

亘《わたる》くんは受《う》けとって、クッキーをじっと見《み》ている。

「わあ、すごい。売《う》ってるクッキーみたい！」

「淳子《じゅんこ》ちゃん、じょうずだね！」

「亘《わたる》、いいなあ。俺《おれ》にもくれよー」

クラスメイトたちが、わーっと淳子《じゅんこ》ちゃんのまわりに集《あつ》まってきた。

「たくさんあるからいいよ。はい」

淳子《じゅんこ》ちゃんは男子《だんし》たちにクッキーを配《くば》りはじめる。

「てか亘《わたる》くんと淳子《じゅんこ》ちゃん、いい感《かん》じじゃない？」

「やだー、やめてよ」

輪《わ》の中心《ちゅうしん》にいる淳子《じゅんこ》ちゃんは、恥《は》ずかしそうに声《こえ》をあげると、チラッと私《わたし》の方《ほう》を見《み》た。

そして、ニヤリと微笑《ほほえ》んだ。

みんなの視線《しせん》は淳子《じゅんこ》ちゃんに集《あつ》まっている。

亘《わたる》くんも、その輪《わ》の中心《ちゅうしん》にいる。

ロッカーの前《まえ》で必死《ひっし》に探《さが》しものをしている私《わたし》のことなんて、誰《だれ》も見《み》ていない。

私《わたし》の居場所《いばしょ》は、どこにもない。

私《わたし》は一人《ひとり》、教室《きょうしつ》を出《で》た。

チャイナドレスやポリスマン、さまざまな仮装《かそう》をした同級生《どうきゅうせい》たちが行《い》きかう廊下《ろうか》を走《はし》りぬけ、階段《かいだん》をおりた。

一階《いっかい》までおりて、校舎《こうしゃ》の隅《すみ》の、誰《だれ》もいない場所《ばしょ》に来《き》て、足《あし》を止《と》めた。

立《た》ちどまると、一気《いっき》に悲《かな》しみがこみあげてきた。

クッキーも、ドレスも、好《す》きな人《ひと》も、淳子《じゅんこ》ちゃんは全部《ぜんぶ》、私《わたし》からとりあげた。

いくらなんでも、ひどい。

どうして？　どうしてあんなことを……。

涙《なみだ》が、あとからあとからわいてくる。

喉《のど》の奥《おく》から、おえつがもれそうになるのを、必死《ひっし》でこらえた。

私《わたし》はその場《ば》で、あふれてくる雫《しずく》をぬぐうこともしないで、静《しず》かに涙《なみだ》を流《なが》した。

「トリック・オア・トリート！」

そのとき、背後《はいご》で声《こえ》がした。

泣《な》き顔《がお》のまま振《ふ》りかえると、亘《わたる》くんが立《た》っていた。

「お菓子《かし》をくれないとイタズラするぞ！」

亘《わたる》くんが笑顔《えがお》で近《ちか》づいてくる。

泣《な》き顔《がお》なんて、絶対《ぜったい》に見《み》せたくない。

私《わたし》はそっと顔《かお》をそむけた。

「私《わたし》、お菓子《かし》ないんだよね。だからあげられないよ……」

「そっか。じゃあイタズラするよ？」

亘《わたる》くんは私《わたし》の両肩《りょうかた》をつかんで、くるりと自分《じぶん》の方《ほう》に向《む》きを変《か》えた。

「……え？」

私《わたし》が泣《な》いていることに気《き》づいて、亘《わたる》くんがハッと息《いき》をのむ。

「どうした？」

「なんでもない。ほっといて」

私《わたし》はもう一度《いちど》、亘《わたる》くんに背中《せなか》を向《む》けた。

「ほっとけないよ！」

亘《わたる》くんは廊下《ろうか》にひびきわたるぐらい、大《おお》きな声《こえ》をあげた。

「気《き》になってる子《こ》が泣《な》いてるのに、ほっとけるわけないだろ？」

「え？」

私《わたし》はゆっくりと、亘《わたる》くんを見《み》た。

「武田《たけだ》のクッキー、これホントはおまえが作《つく》ったんでしょ？」

亘《わたる》くんは、ズボンのポケットから、さっき淳子《じゅんこ》ちゃんにわたされたクッキーをとりだした。

「このあいだ見《み》せてもらったやつだったから、すぐわかった」

うん、そうだよ。私《わたし》が亘《わたる》くんのために作《つく》ったの。

そう言《い》いたい気持《きも》ちをこらえて、私《わたし》はじっと黙《だま》っていた。

私《わたし》が作《つく》ったクッキーだって、亘《わたる》くんがわかってくれたら、それだけでいい。

いっぺんに救《すく》われた気持《きも》ちになる。

「それに、このリボンの結《むす》び方《かた》」

「え？」

「おまえ、昔《むかし》からくつひもちゃんと結《むす》べなかったじゃん。いつもタテ結《むす》びになっててさ。全然成《ぜんぜんせい》長《ちょう》してないよ」

「……あ」

たしかに、そうだった。

小学生《しょうがくせい》の頃《ころ》、くつひもがうまく結《むす》べなくて、いつも歩《ある》いているうちにほどけてた。

困《こま》っていたら、亘《わたる》くんが結《むす》び方《かた》を教《おし》えてくれたっけ。

「俺《おれ》さ、おまえのことずっと気《き》になってた」

「……え」

「中《ちゅう》一の頃《ころ》さ。家庭科《かていか》の調理実習《ちょうりじっしゅう》でカップケーキ作《つく》ったじゃん」

「あ……うん」

「あのとき、てきぱき作《つく》ってるおまえの姿《すがた》を見《み》てさ。なんかドキドキしたっていうか。それまでは男《おとこ》の友《とも》だちと同《おな》じ感覚《かんかく》で接《せっ》してたけど、ああ、女《おんな》の子《こ》なんだなっていうか……急《きゅう》に意識《いしき》しちゃって」

「……そうだったの？」

「だから今日《きょう》もおまえにお菓子《かし》もらうの楽《たの》しみにしてたし、ドレス姿《すがた》も……あれ？　もしかして、さっき探《さが》してたのはドレスか？」

亘《わたる》くんがたずねてきたけれど、私《わたし》は黙《だま》っていた。

「そっか……」

亘《わたる》くんはそう言《い》うと、

「ほら、俺《おれ》の衣装《いしょう》貸《か》してやるから泣《な》くなよ」

と、自分《じぶん》がかぶっていた黒《くろ》い帽子《ぼうし》を、私《わたし》の頭《あたま》にかぶせてくれた。

そして肩《かた》に手《て》をかけ、腰《こし》をかがめて私《わたし》の顔《かお》をのぞきこんでくる。

「よし、これでおまえもドラキュラだ」

やさしい笑顔《えがお》を見《み》ていたら、私《わたし》もぎこちなく、笑《わら》うことができた。

「……ありがと」

でもまた泣《な》きそうになって、声《こえ》がふるえてしまう。

亘《わたる》くんは笑顔《えがお》のまま、しばらくじっと何《なに》かを考《かんが》えていた。

そしてバッと立《た》ちあがると、

「でもマントが足《た》りないな」

おどけたように言《い》う。

「この帽子《ぼうし》だけで充分《じゅうぶん》だよ」

私《わたし》がそう言《い》った途端《とたん》……亘《わたる》くんは片手《かたて》でマントを持《も》つと、私《わたし》をふわりと後《うし》ろから抱《だ》きしめてきた。

タックルみたいじゃなくて、やさしいハグだった。

かぶせてくれた帽子《ぼうし》が、床《ゆか》に転《ころ》がり落《お》ちたけれどかまわずに、私《わたし》は亘《わたる》くんのマントに包《つつ》まれていた。

亘《わたる》くんの心臓《しんぞう》の音《おと》が、背中《せなか》ごしに伝《つた》わってくる。

ドキドキと高鳴《たかな》る鼓動《こどう》……。

亘《わたる》くんも、緊張《きんちょう》しているの、かな？

「お菓子《かし》がないんだったら、おまえの気持《きも》ちくれない？」

亘《わたる》くんが耳元《みみもと》でささやく。

それは、いつもの元気《げんき》な声《こえ》じゃなくて、今《いま》まで聞《き》いたことのないような、真剣《しんけん》な声《こえ》だった。

「え？」

私《わたし》はとまどいがちに、声《こえ》を発《はっ》した。

「……菊池《きくち》の気持《きも》ち俺《おれ》にくれないかな？」

亘《わたる》くんはもう一度《いちど》、言《い》った。

一瞬《いっしゅん》、何《なに》がおこったのかわからなかった。

心臓《しんぞう》の音《おと》がすぐ耳元《みみもと》で鳴《な》っている。

亘《わたる》くん？　ううん、ちがう。私《わたし》の心臓《しんぞう》の音《おと》だ。

亘《わたる》くんからの思《おも》いがけない告白《こくはく》に、こんなにも胸《むね》がドキドキしてる。

「……うん」

うなずくと、亘《わたる》くんが安心《あんしん》したように力《ちから》をゆるめた。

でもまた次《つぎ》の瞬間《しゅんかん》に、ぎゅっと抱《だ》きしめてくる。

私《わたし》たちは誰《だれ》もいない廊下《ろうか》で、しばらく一《ひと》つのマントにくるまっていた。

「よし！　イタズラはここまでだ。次《つぎ》は本気《ほんき》だから覚悟《かくご》しとけよ」

亘《わたる》くんは、いつもの明《あか》るい亘《わたる》くんにもどっていた。

落《お》ちたドラキュラ帽子《ぼうし》を拾《ひろ》いあげて、もう一度《いちど》、私《わたし》の頭《あたま》にかぶせる。

「うん、いいね」

亘《わたる》くんが帽子《ぼうし》の上《うえ》から、ぽんぽん、とする。

シンデレラのドレスを見《み》せられなかったのは残念《ざんねん》だけど……亘《わたる》くんの帽子《ぼうし》をかぶっていると、痛《いた》いくらいに胸《むね》がときめく。

「さ、行《い》くぞ」

亘《わたる》くんは私《わたし》の手《て》をとった。

「俺《おれ》、菊池《きくち》がいないとつまんないからさ」

「……うん」

とまどっている私《わたし》の手《て》をひきながら、亘《わたる》くんは教室《きょうしつ》にもどっていった。


手《て》をつないだまま、教室《きょうしつ》の扉《とびら》を開《あ》けて入《はい》っていくと、盛《も》りあがっていたみんながいっせいにこっちを見《み》た。

「おお、亘《わたる》、どこ行《い》ってたんだよ」

「てか、おまえらそういうことかよ？」

クラスのみんなから、声《こえ》があがった。

「わあ、麗子《れいこ》たち、お似合《にあ》いだよー！」

「亘《わたる》くんと麗子《れいこ》、前《まえ》から仲《なか》よかったもんね！」

仲《なか》よしの女《おんな》の子《こ》たちが、集《あつ》まってきて、私《わたし》をとりかこんだ。

「ありがとう……」

私《わたし》は恥《は》ずかしくて、顔《かお》をあげられなかった。

と、亘《わたる》くんがつないでいた手《て》を離《はな》して、淳子《じゅんこ》ちゃんに近《ちか》づいていった。

「武田《たけだ》、さっきもらったクッキーさ」

「え？　ああ、これ……昨日《きのう》、麗子《れいこ》ちゃんといっしょに作《つく》ったんだよね？」

淳子《じゅんこ》ちゃんがあわててバタバタと手《て》を動《うご》かしたとき、

「きゃあ！」

持《も》っていたジュースがこぼれて、ドレスにかかった。

ドレスの白《しろ》いレースの部分《ぶぶん》にオレンジジュースがかかってしまい、悲惨《ひさん》なことになっている。

「……どうしよう」

淳子《じゅんこ》ちゃんはしょんぼりとうつむいている。

「あ、そんなのいいよ。気《き》にしなくて」

私《わたし》は淳子《じゅんこ》ちゃんに声《こえ》をかけた。

「おまえさ、それちゃんときれいに洗《あら》ってから麗子《れいこ》に返《かえ》してやれよ」

亘《わたる》くんは淳子《じゅんこ》ちゃんに言《い》うと、

「ほら」

と、制服《せいふく》のポケットからハンカチを出《だ》してわたしてあげた。

「……ごめん」

淳子《じゅんこ》ちゃんがくちびるをかみしめながら、小《ちい》さくうなずく。

と、そのとき、亘《わたる》くんが突然《とつぜん》、私《わたし》をマントの中《なか》に包《つつ》みこんで、肩《かた》を組《く》んだ。

「というわけで、俺《おれ》たち、今日《きょう》からつきあうことになったから、よろしく！」

亘《わたる》くんがいつもの調子《ちょうし》で明《あか》るく言《い》うと、教室内《きょうしつない》から拍手《はくしゅ》がわきおこった。

ドレスなんか着《き》てなくても……、私《わたし》は王子《おうじ》さまみたいな亘《わたる》くんの腕《うで》の中《なか》で、本物《ほんもの》のシンデレラになった気分《きぶん》だった。

5

私《わたし》が恋《こい》した小説家《しょうせつか》

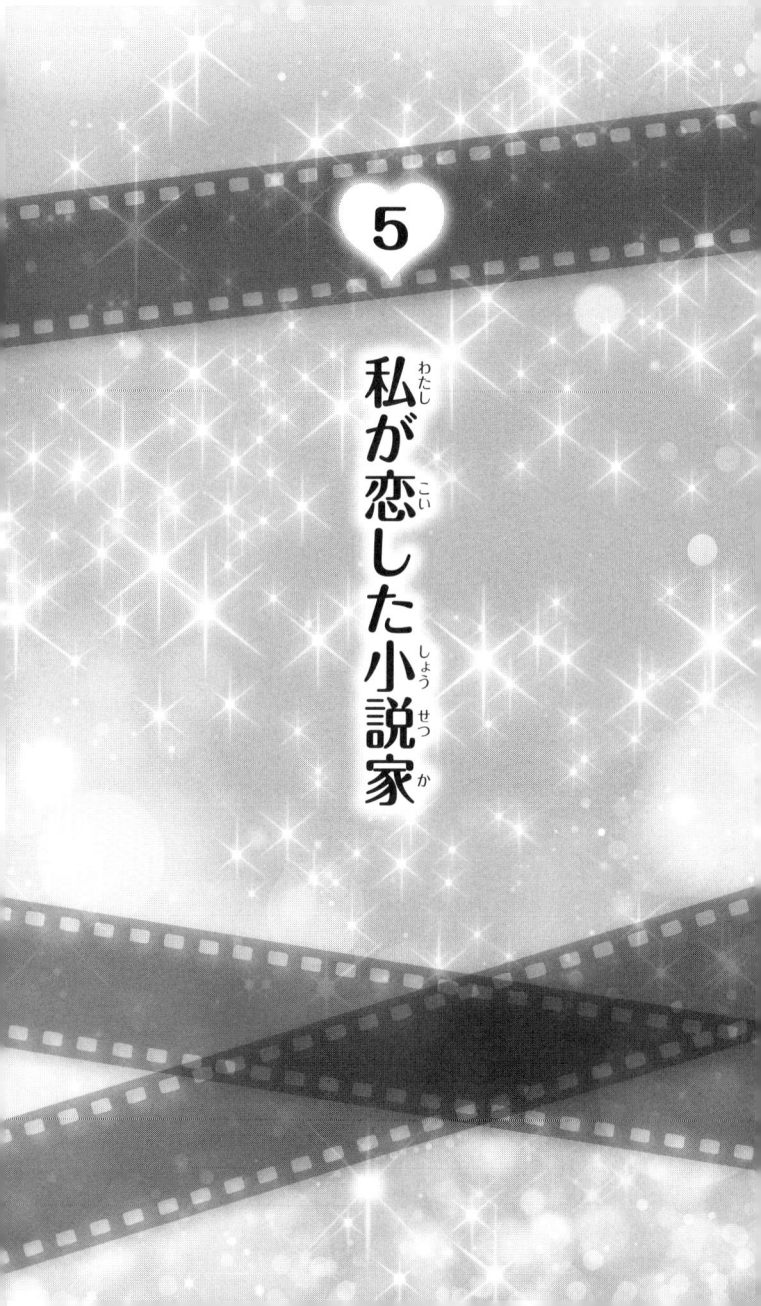

朝晩《あさばん》の空気《くうき》が、だんだんと冷《つめ》たくなってきた。

学校《がっこう》のそばのイチョウ並木《なみき》も、黄色《きいろ》く色《いろ》づいている。


そんな、秋《あき》が深《ふか》まったある日《ひ》の放課後《ほうかご》。

私《わたし》はみつあみを揺《ゆ》らしながら、文芸部《ぶんげいぶ》の仲間《なかま》たち――といっても、弱小文芸部《じゃくしょうぶんげいぶ》の同学年《どうがくねん》の部員《ぶいん》は三人《にん》だけだけれど――と、部室《ぶしつ》に駆《か》けこんでいった。

手《て》に抱《かか》えているのは、学生向《がくせいむ》け文芸誌《ぶんげいし》の『入選作品文芸集《にゅうせんさくひんぶんげいしゅう》』。

今日《きょう》、学校《がっこう》に届《とど》いたと、さっき顧問《こもん》の先生《せんせい》からわたされたものだ。

「きゃあ、ドキドキするー！」

「早《はや》く早《はや》く！」

部室《ぶしつ》のいつもの席《せき》に着《つ》いたとたん、二人《ふたり》が私《わたし》を急《せ》かす。

「えっと……あ、あった」

受賞作発表《じゅしょうさくはっぴょう》のページを開《ひら》いてみる。

【準《じゅん》グランプリ『禁《きん》じられた憂鬱《ゆううつ》』作《さく》：長門由佳《ながとゆか》（17）】

そこには私《わたし》の作品《さくひん》のタイトルと名前《なまえ》が印刷《いんさつ》されていた。

もちろん、作品《さくひん》も掲載《けいさい》されている。

「やったじゃん！　由佳《ゆか》の書《か》いた小説《しょうせつ》、準《じゅん》グランプリだよ！」

「すごいよー、おめでとう！」

二人《ふたり》は私《わたし》に拍手《はくしゅ》をしてくれた。

「うん、ありがとう……」

自分《じぶん》の内側《うちがわ》にあふれでてくる想《おも》いを、一生懸命言葉《いっしょうけんめいことば》にしてつむいだ作品《さくひん》が評価《ひょうか》された。

私《わたし》は、これまでに経験《けいけん》したことのない感情《かんじょう》を味《あじ》わっていた。

こうやって印刷物《いんさつぶつ》になっているのを見《み》ると、胸《むね》の奥《おく》からよろこびが湧《わ》いてくる。

私《わたし》は、須加斗女子高校《すかとじょしこうこう》の文芸部《ぶんげいぶ》に所属《しょぞく》する、本《ほん》が大好《だいす》きな高校二年生《こうこうねんせい》。

女子校《じょしこう》だし、おとなしくて地味《じみ》な私《わたし》は、男子《だんし》とはまるで縁《えん》のない毎日《まいにち》。

学校《がっこう》の行《い》き帰《かえ》りの電車《でんしゃ》の中《なか》も、家《いえ》に帰《かえ》ってからも、私《わたし》はいつも本《ほん》を読《よ》んでいる。

本《ほん》を読《よ》んでいるときが、一番《いちばん》しあわせ。

「えっと……グランプリは……」

グランプリ作品《さくひん》は【『ため息《いき》でできた煙《けむり》』作《さく》：宇野亜人《うのあじん》（17）】

私《わたし》と同《おな》じ東京都内《とうきょうとない》の高校《こうこう》の男《おとこ》の子《こ》だった。

「『愛《あい》とはため息《いき》でできた煙《けむり》』、かのシェイクスピアは……」

出《で》だしを数行読《すうぎょうよ》んだだけで、上手《じょうず》だなあ、ステキだなあ、と思《おも》う表現《ひょうげん》がたくさんあるし、知識《ちしき》は豊富《ほうふ》だし、内容《ないよう》にもぐいぐい引《ひ》きこまれていく。

「同《おな》い歳《どし》でこんな小説《しょうせつ》を書《か》けるなんて、すごいなぁ……」

私《わたし》は素直《すなお》に感心《かんしん》していた。


それから数日後《すうじつご》の放課後《ほうかご》、私《わたし》は学校帰《がっこうがえ》りに近所《きんじょ》の図書館《としょかん》によることにした。

うちの学校《がっこう》の目立《めだ》つ女《おんな》の子《こ》たちは、学校帰《がっこうがえ》りにおしゃれなカフェによったり、近《ちか》くの男子校《だんしこう》の生徒《せいと》とデートしたりしているけれど、私《わたし》のより道先《みちさき》はいつも図書館《としょかん》。

図書館《としょかん》に入《はい》っていき、外国文学《がいこくぶんがく》が並《なら》ぶ文芸書《ぶんげいしょ》コーナーの棚《たな》にまっすぐに向《む》かう。

「えっと、ハムレットは……」

私《わたし》は、シェイクスピアの『ハムレット』を探《さが》していた。

「あった！」

一番上《いちばんうえ》の棚《たな》に、シェイクスピア全集《ぜんしゅう》がずらりと並《なら》んでいて、その中《なか》にあるのを見《み》つけた。

手《て》をのばして背表紙《せびょうし》になんとか触《ふ》れたけれど、とりだすことができない。

「んー……」

必死《ひっし》で背《せ》のびをしていると、別《べつ》の方《ほう》から手《て》がのびてきて『ハムレット』をとった。

「え？」

本《ほん》をとったのは学生服《がくせいふく》を着《き》た同《おな》じ年《とし》ぐらいの男子学生《だんしがくせい》で、本《ほん》をパラパラとめくっている。

私《わたし》が借《か》りようと思《おも》っていたんだけどなあ。

言《い》おうかどうしようかと迷《まよ》っていると、彼《かれ》は本《ほん》を閉《と》じた。

「はい」

そして、私《わたし》にさしだしてきた。

「あ、ありがとうございます……」

「高校生《こうこうせい》がシェイクスピアなんて、すごいですね」

彼《かれ》は私《わたし》に言《い》った。

「いえ、全然《ぜんぜん》すごくなんて……」

チラリと顔《かお》を見《み》ると、吸《す》いこまれそうな大《おお》きな瞳《ひとみ》をしていた。

鼻筋《はなすじ》がすっと通《とお》っていて、女《おんな》の私《わたし》がうっとりしてしまうような、整《ととの》ったきれいな顔立《かおだ》ちをしている。白《しろ》い肌《はだ》に、細《ほそ》くてシュッとした体《からだ》つきがどこかはかなげで、いかにも文学青年《ぶんがくせいねん》っていう感《かん》じ……。

思《おも》わず見《み》とれてしまい、黙《だま》りこんだままでいた。

その人《ひと》が不思議《ふしぎ》そうに、私《わたし》のことを見《み》ている。

あれ、もしかして、私《わたし》ったら、図書館《としょかん》の棚《たな》の間《あいだ》に、男《おとこ》の人《ひと》と二人《ふたり》きりで向《む》かいあってる？

すごく近《ちか》くにいるし……急《きゅう》に、緊張《きんちょう》がマックスになる。

「し、失礼《しつれい》します！」

私《わたし》は一礼《いちれい》すると、くるりと背《せ》を向《む》けて歩《ある》きだした。

「あ……落《お》としましたよ」

と、背後《はいご》から声《こえ》がかかった。

「え？」

「……長門由佳《ながとゆか》さん」

彼《かれ》が図書館《としょかん》カードに書《か》かれた名前《なまえ》を読《よ》みあげて、私《わたし》を見《み》ている。

「あっ！　ありがとうございます！」

急《いそ》いでもどって受《う》けとり、大《おお》きな声《こえ》でお礼《れい》を言《い》いながら頭《あたま》をさげた。

「しーっ」

彼《かれ》が顔《かお》の前《まえ》に人《ひと》さし指《ゆび》を立《た》てて、笑《わら》いかけてくる。

その笑顔《えがお》を見《み》ていた私《わたし》は、あたりを見《み》まわして肩《かた》をすくめた。

「しーっ」

そして、彼《かれ》と同《おな》じ仕草《しぐさ》をして、声《こえ》を出《だ》さないように、小《ちい》さく笑《わら》いあった。

数日後《すうじつご》――。

「ああ、寒《さむ》かったー」

図書館《としょかん》に入《はい》ってきて、マフラーをとってコートを手《て》に、この前《まえ》と同《おな》じ文芸書《ぶんげいしょ》の棚《たな》に向《む》かった。

と、反対側《はんたいがわ》から彼《かれ》が歩《ある》いてきた。

学生服《がくせいふく》に、紺《こん》と赤《あか》と白《しろ》のボーダーのマフラーをまいている。

「あっ」

「……どうも」

私《わたし》たちは本棚《ほんだな》の前《まえ》でぎこちなく頭《あたま》をさげあった。

マフラーからのぞく笑顔《えがお》に、やっぱり私《わたし》も自然《しぜん》と笑顔《えがお》になってしまう。

「『ハムレット』は読《よ》んだんですか？」

「あ、はい。今《いま》、返却《へんきゃく》してきたところです」

短《みじか》い会話《かいわ》をかわして、おたがいに本《ほん》を探《さが》しはじめる。

やっぱり今日《きょう》も、シェイクスピアを借《か》りよう。

だけど、手《て》が届《とど》かない。

どうしよう、また彼《かれ》に頼《たの》もうかな。

まだ近《ちか》くにいるかな、と探《さが》してみると、すぐ後《うし》ろの棚《たな》を見《み》ていた。

声《こえ》をかけようかどうしようか迷《まよ》っていると、振《ふ》りかえった彼《かれ》と目《め》があってしまった。

「ん？」

「あ、ええと……」

私《わたし》は本棚《ほんだな》をチラリと見《み》あげた。

「とりますよ。どれ？」

「じゃあの、四巻目《かんめ》の……」

「『十二夜《じゅうにや》』？」

「はい」

うなずくと、彼《かれ》は手《て》をのばして本《ほん》をとってくれた。

「ありがとうございます」

「おもしろいですよ」

「あ……はい」

私《わたし》たちの間《あいだ》に、沈黙《ちんもく》が流《なが》れる。

もっとうまく話《はなし》がつづけられたらいいのに。

どういうところがおもしろかったんですか？

普段《ふだん》は、どんな本《ほん》を読《よ》むんですか？

シェイクスピア、好《す》きなんですか？

聞《き》きたいことはたくさんあるのに……うまく言葉《ことば》にすることができない。

私《わたし》は不器用《ぶきよう》な自分《じぶん》を少《すこ》しうらんだ。


それから何度《なんど》か顔《かお》をあわせているうちに、私《わたし》たちは親《した》しくなっていった。

彼《かれ》は隣町《となりまち》の進学校《しんがっこう》に通《かよ》う、赤嶺一《あかみねはじめ》くん。

本《ほん》が大好《だいす》きで、数日《すうじつ》おきに図書館《としょかん》に来《く》るという。

私《わたし》たちが行《い》くのは、いつも決《き》まった文芸書《ぶんげいしょ》の棚《たな》。

おたがいに同《おな》じ方向《ほうこう》を向《む》いたり、背中《せなか》を向《む》けたりして本《ほん》を探《さが》す。

なんだかその時間《じかん》と空間《くうかん》がくすぐったい。


ある日《ひ》、本《ほん》を探《さが》しながら反対側《はんたいがわ》を向《む》こうとすると、赤嶺《あかみね》くんも同時《どうじ》にこっちを向《む》いた。

「あのー」

「はい？」

「よかったらおすすめ……です」

彼《かれ》は私《わたし》に、手《て》にしていた本《ほん》をわたしてくれた。

「え……」

「あ、もし迷惑《めいわく》だったら……」

「そ、そんなことないです。読《よ》みたいです。ありがとうございます」

「読《よ》みおわったら感想《かんそう》聞《き》かせてくれますか？」

「あ、はい。もちろんです！」

そう言《い》ってもらえたのがうれしくて、思《おも》わず、声《こえ》をあげてしまった。

赤嶺《あかみね》くんは大《おお》きな目《め》をさらに見《み》ひらいている。

「……あ」

私《わたし》は肩《かた》をすくめた。

そして二人《ふたり》で顔《かお》を見《み》あわせて「シーッ」と、指《ゆび》を立《た》てた。

二人《ふたり》で初《はじ》めて会《あ》ったときのように、声《こえ》をひそめるようにしてクスクス笑《わら》いあって……。

その日《ひ》から、私《わたし》たちの距離《きょり》は、少《すこ》しずつ縮《ちぢ》まっていった。

赤嶺《あかみね》くんは、生《う》まれて初《はじ》めてできた、男《おとこ》の子《こ》の友《とも》だち。

私《わたし》は図書館通《としょかんがよ》いがいつもよりもさらに楽《たの》しみになった。


今日《きょう》は赤嶺《あかみね》くんいないなあ。

ある日《ひ》、そんなことを思《おも》いながら、私《わたし》は図書館《としょかん》の座席《ざせき》に座《すわ》ってノートを書《か》いていた。

『楽《たの》しんでやる苦労《くろう》は、苦痛《くつう》を癒《い》やすものだ』

私《わたし》はその文章《ぶんしょう》にアンダーラインを引《ひ》き、さらにもう一度《いちど》、書《か》いた。

「『楽《たの》しんでやる苦労《くろう》は、苦痛《くつう》を癒《い》やすものだ』」

そのとき、背後《はいご》からノートを読《よ》みあげる声《こえ》がした。

顔《かお》をあげて振《ふ》りかえると、赤嶺《あかみね》くんが立《た》っている。

「……わ！」

私《わたし》はあわててノートを隠《かく》した。

「ステキな文章《ぶんしょう》ですね」

「……これは私《わたし》が考《かんが》えたものじゃなくて、シェイクスピアの言葉《ことば》なんです」

「シェイクスピアもいいこと言《い》いますね」

「そう……ですね」

そう言《い》ってから、上《うえ》から目線《めせん》だった自分《じぶん》たちがおかしくなって、私《わたし》たちは声《こえ》をあわせて笑《わら》った。

でも私《わたし》はまだ恥《は》ずかしくて、ノートの上《うえ》におおいかぶさっていた。

「課題《かだい》か何《なに》かですか？」

赤嶺《あかみね》くんがたずねてくる。

「いえ、実《じつ》は小説《しょうせつ》を……」

思《おも》いきって、正直《しょうじき》に答《こた》えた。

でもやっぱり恥《は》ずかしくて、顔《かお》をあげることはできない。

「小説《しょうせつ》？」

「私《わたし》、高校《こうこう》で文芸部《ぶんげいぶ》に入《はい》ってて、そこで小説《しょうせつ》をちょっと……」

このノートは、私《わたし》の創作《そうさく》ノート。

思《おも》い浮《う》かんだ小説《しょうせつ》の設定《せってい》や、フレーズを、書《か》きこんでいる。

「高校生《こうこうせい》が小説《しょうせつ》なんて、すごいですね」

「そんな！　同《おな》じ年《とし》で私《わたし》より全然《ぜんぜん》すごい人《ひと》がいて……」

「すごい人《ひと》？」

「一度《いちど》も会《あ》ったことがないんですけど……この前《まえ》の文芸《ぶんげい》コンクールでグランプリをとった、宇野《うの》亜人《あじん》さんって人《ひと》がいて。その作品《さくひん》がすごくよくてそんなステキな文章《ぶんしょう》を書《か》ける人《ひと》って、すごくステキなんだろうなって……あっ、ごめんなさい！」

夢中《むちゅう》になって、長々《ながなが》としゃべってしまったことに気《き》づいて、私《わたし》は顔《かお》をあげた。

「いえ、大丈夫《だいじょうぶ》ですよ」

赤嶺《あかみね》くんはやさしい表情《ひょうじょう》で私《わたし》を見《み》て、笑《わら》っている。

私《わたし》ったら、何言《なにい》ってるんだろう……。

急《きゅう》にベラベラしゃべって、変《へん》な子《こ》だと思《おも》われちゃったかな。

私《わたし》はテレくささもあって、赤嶺《あかみね》くんと笑《わら》いあった。


その日《ひ》、私《わたし》たちはいっしょに図書館《としょかん》を出《で》た。

「わ、寒《さむ》っ」

赤嶺《あかみね》くんはマフラーの中《なか》に顔《かお》をうずめている。

いつもは私《わたし》に敬語《けいご》で話《はな》す赤嶺《あかみね》くんだけど、高校生《こうこうせい》っぽい言《い》い方《かた》したりするんだな。

マフラーからのぞいている耳《みみ》が赤《あか》くなってることと、さらさらな髪《かみ》の毛《け》が一部分《いちぶぶん》だけはねているのを発見《はっけん》したことも、なんだかうれしかったりして。

冬《ふゆ》の日暮《ひぐ》れは早《はや》くて、六時過《じす》ぎだけれど、もう外《そと》はまっ暗《くら》。

こんなふうに男《おとこ》の子《こ》と暗《くら》い道《みち》を歩《ある》いているなんて、なんだか不思議《ふしぎ》な気持《きも》ち。

男《おとこ》の子《こ》と二人《ふたり》きりで歩《ある》くのは、初《はじ》めて。

初《はじ》めていっしょに歩《ある》くのが、赤嶺《あかみね》くんでよかったな。

空気《くうき》は冷《つめ》たいのに、胸《むね》の中《なか》があたたかい気持《きも》ちで満《み》たされる。

街灯《がいとう》の下《した》にさしかかったときに赤嶺《あかみね》くんをチラリと見《み》ると、寒《さむ》さのせいか、さっきより耳《みみ》が赤《あか》くなっているのがわかった。

私《わたし》はうつむいて、こっそり、くちびるに微笑《ほほえ》みを浮《う》かべた。

こういう気持《きも》ちを、小説《しょうせつ》にするために描写《びょうしゃ》したらどうなるのかな。

そんなことを思《おも》いながら、赤嶺《あかみね》くんの少《すこ》し後《うし》ろを歩《ある》いていた。


「じゃあ、僕《ぼく》こっちなんで」

大通《おおどお》りに出《で》たところで、赤嶺《あかみね》くんが立《た》ちどまった。

「あ、私《わたし》はまっすぐだから……じゃあ」

「また」

そう言《い》って、赤嶺《あかみね》くんは手《て》をふった。

「……また」

私《わたし》も笑顔《えがお》で手《て》をふりかえす。

遠《とお》ざかる赤嶺《あかみね》くんの背中《せなか》が見《み》えなくなるまで手《て》をふりながら、

「あ！」

と、手《て》をひっこめた。

私《わたし》ったら、今《いま》、めちゃくちゃ笑顔《えがお》で手《て》をふってたよね。

やだなあ、はしゃいじゃって恥《は》ずかしい。

でも、空気《くうき》は冷《つめ》たいのに、胸《むね》の中《なか》はなんだかあったかい。

思《おも》わずまた頰《ほお》のあたりがゆるんでくるのを感《かん》じていると……。

「ねえ」

振《ふ》りかえると、制服姿《せいふくすがた》の女《おんな》の子《こ》が腕《うで》を組《く》んで、挑《いど》むように私《わたし》を見《み》ていた。

暗《くら》くてはっきり見《み》えないけれど、ブランド物《もの》のマフラーを巻《ま》いた、茶髪《ちゃぱつ》の長《なが》い髪《かみ》の女《おんな》の子《こ》だった。キャメルのピーコートからのぞくプリーツスカートの柄《がら》は、赤嶺《あかみね》くんが通《かよ》う、台場学園《だいばがくえん》の制《せい》服《ふく》だ。

でも誰《だれ》だろう。知《し》らない子《こ》だけれど……。

彼女《かのじょ》が、私《わたし》にたずねてきた。

「あのさ、須加女《すかじょ》の子《こ》だよね？」

「……はい」

うなずく私《わたし》に、彼女《かのじょ》は一歩《いっぽ》ずつ、近《ちか》づいてくる。

「どうして須加女《すかじょ》のあんたが、うちの高校《こうこう》のハジメくんと仲《なか》よくしてるわけ？」

彼女《かのじょ》は赤嶺《あかみね》くんと同《おな》じクラスの麻宮涼子《あさみやりょうこ》さんというらしい。

モデルのようにスラリと背《せ》が高《たか》い彼女《かのじょ》は、私《わたし》を見《み》おろすようにしてにらみつけてくる。

「それは……」

「ハジメくんはさ、名前《なまえ》の通《とお》り、学校《がっこう》でも一番頭《いちばんあたま》もよくて、うちの高校《こうこう》の女子《じょし》がみんな憧《あこが》れてるのよ」

涼子《りょうこ》さんの言葉《ことば》に、私《わたし》は初《はじ》めて気《き》づいた。

赤嶺《あかみね》くんは、共学《きょうがく》の学校《がっこう》に通《かよ》っているんだから、人気《にんき》があるに決《き》まっている。

整《ととの》った顔《かお》をしているし、とてもやさしいし……。

「だから、あんたみたいな地味《じみ》な女《おんな》がハジメくんにつきまとってるのは、すっごく変《へん》なことなの。私《わたし》の言《い》うこと、わかる？」

涼子《りょうこ》さんは強《つよ》い口調《くちょう》で私《わたし》に迫《せま》ってきた。

「でも……」

赤嶺《あかみね》くんにすすめられた本《ほん》を読《よ》みおわったら、感想《かんそう》を教《おし》えてねって言《い》われたし……。

また、って、さっき言《い》いあったし……。

私《わたし》はくちびるをぎゅっとかみしめていた。

すると彼女《かのじょ》はさらに私《わたし》に近《ちか》づいてきて、

「私《わたし》の言《い》うこと聞《き》けないなら……どうなっても知《し》らないよ」

ものすごく低《ひく》い声《こえ》でささやくと、軽《かろ》やかに背《せ》を向《む》けて去《さ》っていった。

「え……」

どうなっても知《し》らないって、それはいったいどういう意味《いみ》？

憎々《にくにく》し気《げ》に私《わたし》を見《み》る涼子《りょうこ》さんの目《め》と、脅《おど》してくるような言葉《ことば》が忘《わす》れられなくて、私《わたし》は、冷《つめ》たい風《かぜ》が吹《ふ》きつける中《なか》、動《うご》けずにいた。


数日後《すうじつご》の帰《かえ》り道《みち》、私《わたし》は一人《ひとり》、沈《しず》んだ気持《きも》ちで歩《ある》いていた。

今日《きょう》も図書館《としょかん》によりたい。

でも、この前《まえ》、涼子《りょうこ》さんに言《い》われたことが心《こころ》に引《ひ》っかかっている。

校門《こうもん》を出《で》てしばらく歩《ある》いていると、台場学園《だいばがくえん》の制服《せいふく》の男《おとこ》の子《こ》が二人《ふたり》、立《た》っていることに気《き》づいた。

そのうちの一人《ひとり》が、私《わたし》の顔《かお》を見《み》て声《こえ》をあげた。

「なあなあアイツ、例《れい》の男好《おとこず》きって子《こ》じゃね？」

「あ、あの子《こ》、マジ？」

「おまえ、声《こえ》かけてこいよ」

「いいね、俺《おれ》、タイプかも。かわいいじゃん」

「じゃあ行《い》ってこいよ。誰《だれ》でもいいってウワサだったじゃん」

いったい何《なに》を言《い》っているんだろう。

意味《いみ》はよくわからないけれど、私《わたし》のことを言《い》っているのはたしかだ。

私《わたし》は一刻《いっこく》も早《はや》くその場《ば》を立《た》ち去《さ》ろうと、歩《ある》くスピードを速《はや》めた。

と、そのとき、誰《だれ》かが目《め》の前《まえ》に立《た》ちはだかった。

「あれ？　男好《おとこず》きだってウワサの子《こ》じゃ〜ん」

涼子《りょうこ》さんだ。

まだ日《ひ》の暮《く》れていない空《そら》の下《した》で見《み》ると、メイクをしていることがわかった。目尻《めじり》を跳《は》ねあげるように引《ひ》いたアイラインが、彼女《かのじょ》の印象《いんしょう》をさらにキツくしている。

「え？　ウワサ？」

私《わたし》は、肩《かた》から提《さ》げていた通学《つうがく》バッグの持《も》ち手《て》を両手《りょうて》でぎゅっと握《にぎ》った。

「そのウワサ、きっとハジメくんの耳《みみ》にも入《はい》ってるんだろうなぁ〜」

「…………」

「ハジメくんのことだから、そんな女《おんな》のこと、きっと軽蔑《けいべつ》するんじゃない？」

「そんな……」

彼女《かのじょ》は勝《か》ちほこったようにニヤリと笑《わら》うと、私《わたし》の肩《かた》にわざとぶつかるようにして、去《さ》っていった。


ぶつかられて足元《あしもと》をふらつかせた私《わたし》は、どうにか体勢《たいせい》をととのえた。

でも心《こころ》の中《なか》は、乱《みだ》れたままだった。

男好《おとこず》きだってウワサ？

さっき男《おとこ》の子《こ》たちが言《い》ってたことの意味《いみ》が、ようやくわかった。

私《わたし》の変《へん》なウワサが、赤嶺《あかみね》くんの学校《がっこう》で広《ひろ》まっているっていうこと？


その日《ひ》、私《わたし》は図書館《としょかん》に行《い》ってみた。

迷《まよ》ったけれど、返却日《へんきゃくび》だった本《ほん》もあるし、おそるおそる、来《き》てみた。

会《あ》いたい。

でも会《あ》いたくない。

複雑《ふくざつ》な思《おも》いを抱《かか》えながら、気配《けはい》を消《け》すようにそっと歩《ある》いていると、いつもの本棚《ほんだな》のところで、赤嶺《あかみね》くんの姿《すがた》を見《み》つけた。

私《わたし》はさっと、近《ちか》くの柱《はしら》のかげに姿《すがた》を隠《かく》した。

そして遠《とお》くから、赤嶺《あかみね》くんを見《み》つめた。
書棚《しょだな》から出《だ》した本《ほん》をぱらぱらとめくっている、横顔《よこがお》が見《み》える。
そんなに夢中《むちゅう》になって、なんの本《ほん》を読《よ》んでいるんだろう。
気《き》になるけれど、今《いま》はどんな顔《かお》をして話《はな》しかけたらいいのかわからない。
せっかく仲《なか》よくなりかけていたのに……。
私《わたし》は柱《はしら》にもたれ、大《おお》きくため息《いき》をついた。

あれからずっと図書館《としょかん》には行《い》っていない。
もちろん、赤嶺《あかみね》くんにも会《あ》っていない。
私《わたし》は放課後《ほうかご》、図書館《としょかん》の近《ちか》くの公園《こうえん》のベンチで、本《ほん》を読《よ》んでいた。
勇気《ゆうき》を出《だ》して図書館《としょかん》までは来《き》てみたものの、やっぱり入《はい》っていくことはできなかった。
「あれ？　今日《きょう》は図書館《としょかん》行《い》かないのぉ」
この声《こえ》は……と、顔《かお》をあげると、やっぱり涼子《りょうこ》さんだ。

私《わたし》は本《ほん》を閉《と》じた。

そして、創作《そうさく》ノートとカバンをいっしょに抱《かか》えて立《た》ちあがり、彼女《かのじょ》の横《よこ》を通《とお》りすぎて立《た》ちさろうとした。

「そりゃ、男好《おとこず》きだってウワサなんか流《なが》されたら、ハジメくんにあわせる顔《かお》がないもんね」

涼子《りょうこ》さんは私《わたし》の背中《せなか》に、言葉《ことば》を浴《あ》びせてくる。

私《わたし》は思《おも》わず、立《た》ちどまった。

「あとさぁ、須加女《すかじょ》にいる私《わたし》の友《とも》だちに聞《き》いたんだけど、あんた文芸部《ぶんげいぶ》で小説《しょうせつ》書《か》いてるんだって？」

涼子《りょうこ》さんが、私《わたし》の前《まえ》にまわりこんでくる。

「そうですけど……」

答《こた》える私《わたし》の手《て》から、涼子《りょうこ》さんはさっと創作《そうさく》ノートを引《ひ》きぬいた。

「ふうん……高校生《こうこうせい》で小説《しょうせつ》書《か》くとかオタク？　キモいんですけど」

バカにしたように笑《わら》いながら、涼子《りょうこ》さんは私《わたし》にノートをさしだした。

泣《な》かないようにくちびるをギュッと結《むす》んで受《う》けとろうとした瞬間《しゅんかん》、涼子《りょうこ》さんはノートを近《ちか》くにあったゴミ箱《ばこ》に向《む》かって投《な》げた。

「あ！」

ノートは無残《むざん》にもほかのゴミの中《なか》にほうりこまれた。

いくらなんでもひどい……。

抗議《こうぎ》したいのに、意気地《いくじ》なしの私《わたし》は何《なに》も言《い》えずに、ただ屈辱《くつじょく》に耐《た》えていた。

「あ、ハジメくん！」

涼子《りょうこ》さんが、声《こえ》をあげた。

「ぐうぜん！　なんでこんなところにいるの？」

「別《べつ》に……」

赤嶺《あかみね》くんの声《こえ》が、近《ちか》づいてきた。

でも私《わたし》は、顔《かお》をあげることなく、ゴミ箱《ばこ》の中《なか》のノートをじっと見《み》つめていた。

「ねぇ、こんな地味《じみ》なくせに男好《おとこず》きで、高校生《こうこうせい》のくせに小説《しょうせつ》なんか書《か》いてるキモイ女《おんな》がいる公園《こうえん》なんかじゃなくて、図書館《としょかん》でも行《い》こうよ！」

ね、早《はや》く、と、涼子《りょうこ》さんが赤嶺《あかみね》くんを急《せ》かす。

「実《じつ》は僕《ぼく》も麻宮《あさみや》さんに言《い》いたいことがあるんだ」

赤嶺《あかみね》くんは言《い》った。

「え？　なぁに？」

涼子《りょうこ》さんがはしゃいだ声《こえ》をあげる。

この場《ば》から走《はし》りさりたかった。

でも、動《うご》けなかった……そんな自分《じぶん》が情《なさ》けなかった。

「『恋《こい》は目《め》で見《み》ず、心《こころ》で見《み》るもの』」

赤嶺《あかみね》くんは、つぶやいた。そして、つづけた。

「これはシェイクスピアの言葉《ことば》なんだけど」

「シェイクスピア？」

涼子《りょうこ》さんが首《くび》をかしげる。

「僕《ぼく》は、見《み》た目《め》やウワサなんかじゃ女性《じょせい》を判断《はんだん》しないんで」

赤嶺《あかみね》くんの言葉《ことば》に、私《わたし》はハッと顔《かお》をあげた。

「でも、こんな本《ほん》ばっかり読《よ》んでるオタク女《おんな》なんかよりも私《わたし》の方《ほう》がずっとハジメくんにぴったりな彼女《かのじょ》になれるし……」

「ほかにもシェイクスピアの言葉《ことば》があるんだ。『嫉妬《しっと》は自分《じぶん》で生《う》まれて自分《じぶん》で育《そだ》つ化《ば》け物《もの》だ』」

「何《なに》言《い》ってんの？　ハジメくんも頭《あたま》おかしいよ！」

涼子《りょうこ》さんはそう言《い》うと、赤嶺《あかみね》くんに背《せ》を向《む》けて歩《ある》きだした。

「あと一《ひと》つだけいいかな？」

「……何《なに》よ？」

涼子《りょうこ》さんが振《ふ》りかえる。

「『小説《しょうせつ》書《か》く人《ひと》をバカにするな』」

「は？」

「これは僕《ぼく》の言葉《ことば》だけど」

「え……」

私《わたし》は赤嶺《あかみね》くんを見《み》た。

「一生懸命《いっしょうけんめい》がんばっている人《ひと》をバカにするなんて悲《かな》しいことは、自分《じぶん》のためにもしない方《ほう》がいいと思《おも》うな」

「もう、意味《いみ》わかんない！」

涼子《りょうこ》さんは、私《わたし》たちに怒《いか》りをぶつけるようにして走《はし》りさった。

「大丈夫《だいじょうぶ》でしたか？」

赤嶺《あかみね》くんはゴミ箱《ばこ》の中《なか》のノートを拾《ひろ》ってくれた。

「最近図書館《さいきんとしょかん》で会《あ》わないから、どうしたのかと思《おも》ってました」

「あ、それは、ええと……」

やっぱり、うまく言葉《ことば》が出《で》てこない。

「……ありがとうございました」

私《わたし》は赤嶺《あかみね》くんの手《て》から、ノートを受《う》けとった。

赤嶺《あかみね》くんとこうして向《む》かいあうのは、すごく久《ひさ》しぶり。

明《あか》るい時間《じかん》に外《そと》で赤嶺《あかみね》くんの顔《かお》を見《み》るのは初《はじ》めてだから、なんだか新鮮《しんせん》な気持《きも》ちになる。

「あなたですよね？　これに載《の》ってる『禁《きん》じられた憂鬱《ゆううつ》』を書《か》いた長門由佳《ながとゆか》さんって……」

赤嶺《あかみね》くんは自分《じぶん》のカバンの中《なか》から、私《わたし》が持《も》っているのと同《おな》じ『入選作品文芸集《にゅうせんさくひんぶんげいしゅう》』をとりだした。

「……どうしてそれを？」

「最初《さいしょ》に会《あ》ったとき、図書館《としょかん》カードの名前《なまえ》を見《み》て、そうなんじゃないかなって」

あまりにも意外《いがい》な言葉《ことば》に、私《わたし》はさらに言葉《ことば》が出《で》てこなくなる。

「あなたの小説《しょうせつ》を読《よ》んだとき、こんな文章《ぶんしょう》を書《か》く人《ひと》はきっと心《こころ》がきれいな人《ひと》なんだろうなって思《おも》ってたんです。そして実際《じっさい》に会《あ》ってみたら、僕《ぼく》の予想《よそう》が正《ただ》しいって確信《かくしん》しました」

「いえ、そんな……」

小説《しょうせつ》を読《よ》んでくれたことと、ほめられたこととで恥《は》ずかしくなって、自分《じぶん》の顔《かお》がまっ赤《か》になってるのがわかる。

「赤嶺《あかみね》くんもシェイクスピアにすごく詳《くわ》しくて……」

と、口《くち》にしたとき、何《なに》かが心《こころ》の中《なか》にひっかかった。

シェイクスピア？

たしか、グランプリの作品《さくひん》のはじまりもシェイクスピアの言葉《ことば》で……。

「えっ！　もしかして……」

「『愛《あい》とはため息《いき》でできた煙《けむり》』……」

私《わたし》は暗記《あんき》している、グランプリ作品《さくひん》の出《で》だしの言葉《ことば》をつぶやいた。

「シェイクスピアの名言《めいげん》です」

赤嶺《あかみね》くんが強《つよ》い視線《しせん》で私《わたし》を見《み》つめる。

「かのシェイクスピアはロミオにそうつぶやかせた。それはまるで夢《ゆめ》のような愛《あい》なんだろうと思《おも》う……」

私《わたし》はさらにつづきの文章《ぶんしょう》を、口《くち》にした。

「え、じゃああの小説《しょうせつ》、赤嶺《あかみね》くんが？　いや、でも作者《さくしゃ》の名前《なまえ》は宇野亜人《うのあじん》さんって……」

「僕《ぼく》の名前《なまえ》は赤嶺一《あかみねはじめ》です。ハジメの一は、イタリア語《ご》でいうと『ウノ』、ロシア語《ご》でいうと『アジン』っていうんですよ」

そういえば、赤嶺《あかみね》くんはいつも図書館《としょかん》でトルストイやドストエフスキーの本《ほん》を手《て》にしていた。私《わたし》におすすめしてくれたのはプーシキンの詩集《ししゅう》だったし……みんなロシア人作家《じんさっか》の作品《さくひん》だ。

そうだったんだ、だからロシア語《ご》とか外国語《がいこくご》を使《つか》ったペンネームを思《おも》いついたんだ……。

目《め》の前《まえ》にいるのが、私《わたし》がずっと憧《あこが》れていたグランプリ作家《さっか》の宇野亜人《うのあじん》。

ポカンと口《くち》をあけて見《み》つめていると、赤嶺《あかみね》くんが微笑《ほほえ》みかけてくる。

私《わたし》も自然《しぜん》と笑顔《えがお》になっていく。

「すいません、なんか恥《は》ずかしくて自分《じぶん》だと言《い》いだせなくて……」

「いえ、こちらこそ……あ、でも、高校生《こうこうせい》がシェイクスピアなんて、すごいですね」

「あ、それ、僕《ぼく》があなたに初《はじ》めて会《あ》ったときに言《い》った言葉《ことば》ですよ」

「あ……そうでしたっけ？」

「そうですよ。僕《ぼく》は覚《おぼ》えています」

「私《わたし》だって本当《ほんとう》はちゃーんと覚《おぼ》えてますよ」

私《わたし》たちはくすくす、と、笑《わら》いあう。

すると、赤嶺《あかみね》くんが急《きゅう》に照《て》れくさそうに私《わたし》から目《め》をそらして歩《ある》きだした。

「そういえば……」

赤嶺《あかみね》くんが私《わたし》の前《まえ》を通《とお》り過《す》ぎたところで、立《た》ちどまった。

「はい」

私《わたし》たちは背中《せなか》を向《む》けたかっこうで、会話《かいわ》をつづける。

「実《じつ》は僕《ぼく》、シェイクスピアの言葉《ことば》で、よくわからないものがあったんです」

「どんな言葉《ことば》ですか？」

「『本当《ほんとう》の恋《こい》をするものは……』」

赤嶺《あかみね》くんが言《い》いかけた。

「『みな一目《ひとめ》で恋《こい》をする』」

私《わたし》は声《こえ》をそろえて、言《い》った。

笑顔《えがお》で振《ふ》りかえると、赤嶺《あかみね》くんがおどろき顔《がお》で振《ふ》りかえるところだった。

私《わたし》たちは今度《こんど》は声《こえ》をあげて笑《わら》いあった。

「でも、この言葉《ことば》、わかった気《き》がします……」

赤嶺《あかみね》くんは、急《きゅう》に顔《かお》を引《ひ》きしめて言《い》った。

「え……？」

「初《はじ》めて会《あ》ったときから、あなたのことが好《す》きでした」

赤嶺《あかみね》くんの真剣《しんけん》な瞳《ひとみ》が、私《わたし》をまっすぐに射《い》ぬく。

え……。

私《わたし》は赤嶺《あかみね》くんから目《め》をそらして、うつむいた。

「あ、すいません……迷惑《めいわく》でしたよね」

「……ちがうんです」

誤解《ごかい》されたくなくて、ぶんぶんと首《くび》をふった。

私《わたし》はいつのまにか、自分《じぶん》が涙《なみだ》を流《なが》していることに気《き》づいた。

「え……」

赤嶺《あかみね》くんがとまどいの声《こえ》をあげる。

「シェイクスピアも言《い》ってましたよね。『うれしいのに泣《な》けるときは、本当《ほんとう》に幸《しあわ》せだっていうサイン』だって」

私《わたし》はありったけの勇気《ゆうき》をふりしぼって、自分《じぶん》の気持《きも》ちを口《くち》にした。

赤嶺《あかみね》くんの手《て》がゆっくりとのびてきて、私《わたし》の頰《ほお》の涙《なみだ》をそっと指《ゆび》でぬぐってくれた。

そのとき感《かん》じた手《て》のぬくもりとやさしさと、今《いま》までで一番《いちばん》うれしそうな彼《かれ》の笑顔《えがお》を、私《わたし》はきっと忘《わす》れない。

そう思《おも》った。


その後《ご》、私《わたし》たちはいつも、図書館《としょかん》で待《ま》ちあわせをして、デートをした。

「ねえ、この本《ほん》、前《まえ》に読《よ》んだんだけどね。この文章《ぶんしょう》がすごく気《き》に入《い》ってるんだ……」

「ん？　どこ？」

おたがいに言葉《ことば》づかいがちょっぴりやわらかくなって、本《ほん》をのぞきこむときの距離《きょり》がほんの少《すこ》し近《ちか》くなった。

私《わたし》のみつあみの先《さき》が彼《かれ》の肩《かた》に触《ふ》れていることに気《き》づいて、急《きゅう》に恥《は》ずかしくなったりする。

「あ、もうこんな時間《じかん》だ。帰《かえ》ろうか」

「……うん」

もっといっしょにいたいけど、もう外《そと》はまっ暗《くら》。

外《そと》に出《で》ると、雪《ゆき》がちらついていた。

マフラーを巻《ま》いて、手袋《てぶくろ》をはめようとすると、

「あ」

ハジメくんが、声《こえ》をあげる。

「ん？」

「ユカ、こっちの手《て》は、手袋《てぶくろ》しないで」

ハジメくんは私《わたし》の手《て》をとって、自分《じぶん》のコートのポケットに入《い》れた。

「あったかい……ね」

「うん」

おたがいに照《て》れ笑《わら》いを浮《う》かべて、歩《ある》きだす。

あれ？

今《いま》もしかしてハジメくん、私《わたし》のこと、名前《なまえ》で呼《よ》んだ？

私《わたし》とハジメくんの恋《こい》は、まだ一ページ目《め》がはじまったばかり。

これから二人《ふたり》で、どんな物語《ものがたり》をつむいでいくのかは、まだ内緒《ないしょ》。

この本は、下記のテレビ番組
「痛快TVスカッとジャパン」
（フジテレビ系　月曜夜7時57分より放送）で、
放送された作品をもとに小説化されました。

＃35「嫌いだったアイツ」
（2015年11月9日放送）

＃32「初恋の相手はアイドル」
（2015年10月19日放送）

＃74「ボールも気持ちもキャッチして…」
（2016年11月28日放送）

＃107「恋のトリックオアトリート」
（2017年9月11日放送）

＃50「私が恋した小説家」
（2016年3月14日放送）

フジテレビ

集英社みらい文庫

胸《むね》キュンスカッと

ノベライズ

～今《いま》この瞬間《しゅんかん》、君《きみ》が好《す》き～

痛快TV《つうかいティーヴィー》スカッとジャパン　原作

百瀬《ももせ》しのぶ　著

たら実《み》　絵

ファンレターのあて先
〒101-8050　東京都千代田区一ツ橋2-5-10　集英社みらい文庫編集部
いただいたお便りは編集部から先生におわたしいたします。

2018年 11月27日　第1刷発行

発行者　北畠輝幸
発行所　株式会社 集英社
〒101-8050　東京都千代田区一ツ橋2-5-10
電話　編集部03-3230-6246
読者係03-3230-6080
販売部03-3230-6393（書店専用）
http://miraibunko.jp
装　丁　中島由佳理
協　力　株式会社フジテレビジョン
印　刷　凸版印刷株式会社
製　本　凸版印刷株式会社

★この作品はフィクションです。実在の人物・団体・事件などにはいっさい関係ありません。

ISBN978-4-08-321474-5　C8293　N.D.C.913　184P　18cm

ぬぁにぃ〜!!
『ざんねんないきもの事典《じてん》』
『ざんねんな偉人伝《いじんでん》』の
つぎはコレだとぅ!?
『信長《のぶなが》もビックリ!? 科学《かがく》でツ
「本能寺《ほんのうじ》の変《へん》」「中国大返《ちゅうごくおおがえ》し」「大坂《おおさか》の陣《じん》」
歴史《れきし》を、科学《かがく》の視点《してん》でズバッと斬《き》った
ギュギュッと詰《つ》まった、これまでに
「3本《ぼん》の矢《や》」何《なん》kgの力《ちから》で折《お》れる?
60kgのものが持《も》ちあげられればかんたんに折《お》れちゃう!
構造力学
大注目《だいちゅうもく》★日本史《にほんし》を学《まな》ぶ
出合《であ》える、歴史《れきし》×科学《かがく》

からのお知らせ
かなわない
ぜったい。
きみのとなりで気《き》づいた恋《こい》
野々村花《ののむらはな》・作《さく》　姫川恵梨《ひめかわえり》・絵《え》
3人《にん》の女《おんな》の子《こ》が、好《す》きになったのは同《おな》じ人《ひと》!?
2018年《ねん》12月《がつ》21日《にち》(金《きん》)発売予定《はつばいよてい》!!

集英社みらい文庫

あなたはだれの恋《こい》を応《おう》援《えん》する!?

「やっぱり、見《み》てるだけじゃ、やだ」

ザ・男子《だんし》ニガテ女子《じょし》!

芽《め》衣《い》

男子《だんし》がニガテで、読書好《どくしょず》き。
ちょっぴり内気《うちき》な性格《せいかく》。

「好《す》きとか、ないない!」

ザ・ケンカ友《とも》だち!?

ほのか

明《あか》るく元気《げんき》な野球好《やきゅうず》き。サッカー好《ず》きの有村《ありむら》くんとケンカしがち。

「私《わたし》は拓海《たくみ》が好《す》きだけど、ただの幼《おさな》なじみで…」

ザ・幼《おさな》なじみ女子《じょし》!

果《か》穂《ぼ》

有村《ありむら》くんの幼《おさな》なじみ。
さっぱりした性格《せいかく》。

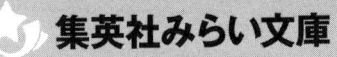

『恋《こい》の
エイプリルフール』

自分《じぶん》に自信《じしん》が持《も》てない女子高生《じょしこうせい》・香織《かおり》。同級生《どうきゅうせい》の真二《しんじ》に思《おも》いを伝《つた》えようと勇気《ゆうき》を出《だ》したけれど……。(5巻収録《かんしゅうろく》)

共感度《きょうかんど》ナンバーワン!
読《よ》むと恋《こい》がしたくなるエピソードを集《あつ》めました

『恋《こい》のトリックオアトリート』

地味《じみ》でまじめな女子高生《じょしこうせい》・麗子《れいこ》。明《あか》るく陽気《ようき》な亘《わたる》との恋《こい》が、ハロウィンパーティをきっかけに始《はじ》まった!(7巻収録《かんしゅうろく》)

『最後《さいご》の夏花火《なつはなび》』

“好《す》きバレ”するのが怖《こわ》くて同級生《どうきゅうせい》の颯太《そうた》を避《さ》けてしまった彩花《あやか》。気《き》まずいまま花《はな》火大会《びたいかい》でふたりきりに……。(6巻収録《かんしゅうろく》)

「みらい文庫《ぶんこ》」読者《どくしゃ》のみなさんへ

言葉《ことば》を学《まな》ぶ、感性《かんせい》を磨《みが》く、創造力《そうぞうりょく》を育《はぐく》む……、読書《どくしょ》は「人間力《にんげんりょく》」を高《たか》めるために欠《か》かせません。

たった一枚《いちまい》のページをめくる向《む》こう側《がわ》に、未知《みち》の世界《せかい》、ドキドキのみらいが無限《むげん》に広《ひろ》がっている。

これこそが「本《ほん》」だけが持《も》っているパワーです。

学校《がっこう》の朝《あさ》の読書《どくしょ》に、休《やす》み時間《じかん》に、放課後《ほうかご》に……。いつでも、どこでも、すぐに続《つづ》きを読《よ》みたくなるような、魅力《みりょく》に溢《あふ》れる本《ほん》をたくさん揃《そろ》えていきたい。読書《どくしょ》がくれる、心《こころ》がきらきらしたり胸《むね》がきゅんとする瞬間《しゅんかん》を体験《たいけん》してほしい、楽《たの》しんでほしい。みらいの日本《にほん》、そして世界《せかい》を担《にな》うみなさんが、やがて大人《おとな》になった時《とき》、「読書《どくしょ》の魅力《みりょく》を初《はじ》めて知《し》った本《ほん》」「自分《じぶん》のおこづかいで初《はじ》めて買《か》った一冊《いっさつ》」と思《おも》い出《だ》してくれるような作品《さくひん》を一所懸命《いっしょけんめい》、大切《たいせつ》に創《つく》っていきたい。

そんないっぱいの想《おも》いを込《こ》めながら、作家《さっか》の先生方《せんせいがた》と一緒《いっしょ》に、私《わたし》たちは素敵《すてき》な本作《ほんづく》りを続《つづ》けていきます。「みらい文庫《ぶんこ》」は、無限《むげん》の宇宙《うちゅう》に浮《う》かぶ星《ほし》のように、夢《ゆめ》をたたえ輝《かがや》きながら、次々《つぎつぎ》と新《あたら》しく生《う》まれ続《つづ》けます。

本《ほん》を持《も》つ、その手《て》の中《なか》に、ドキドキするみらい――。

本《ほん》の宇宙《うちゅう》から、自分《じぶん》だけの健《すこ》やかな空想力《くうそうりょく》を育《そだ》て、〝みらいの星《ほし》〟をたくさん見《み》つけてください。

そして、大切《たいせつ》なこと、大切《たいせつ》な人《ひと》をきちんと守《まも》る、強《つよ》くて、やさしい大人《おとな》になってくれることを心《こころ》から願《ねが》っています。

2011年《ねん》　春《はる》

集英社《しゅうえいしゃ》みらい文庫編集部《ぶんこへんしゅうぶ》